凌寒文集

何处是归程

林永望 著

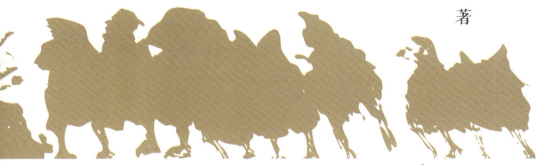

广东旅游出版社
GUANGDONG TRAVEL & TOURISM PRESS
悦读书·悦旅行·悦享人生

中国·广州

图书在版编目（ＣＩＰ）数据

何处是归程：凌寒文集 / 林永望著. — 广州：广东旅游出版社，2021.1（2022.6重印）
ISBN 978-7-5570-2407-9

Ⅰ．①何… Ⅱ．①林… Ⅲ．①诗集－中国－当代②散文集－中国－当代 Ⅳ．①I217.2

中国版本图书馆CIP数据核字(2020)第256164号

出　版　人：刘志松
策划编辑：陈晓芬
责任编辑：陈晓芬　　陈　吉
装帧设计：谢晓丹
责任校对：李瑞苑
责任技编：冼志良

何处是归程：凌寒文集
HECHU SHI GUICHENG：LINGHAN WENJI

广东旅游出版社出版发行
（广州市荔湾区沙面北街71号首、二层）
邮编：510130　　邮购电话：020-87348243
佛山家联印刷有限公司
（佛山市南海区桂城街道三山新城科能路 10 号自编 4 号楼三层之一）
787 毫米 ×1092 毫米　　16 开　　16 印张　　230 千字
2022 年 6 月第 1 版第 2 次
定价：44.00 元

目 录

序一

○刘宁

　　永望素好书诗，这是大家都知道的。当年我们在佛山传媒集团共事，就曾见他和总编辑老戴一起热情为单位同事挥书春联。至于写诗，他则更是近乎痴迷。如今每于夜深人静之际，仍常见他踽踽行吟在各个朋友圈群，有时还会通宵达旦、不遗余力地给"各位亲们"逐家推送。只可惜我对书诗均为外行，平日便鲜与之交流。这回他要结集出版并嘱我作序，我首先为他高兴。

　　这本集子，诗文兼收。诗基本属于私人写作，文多为"新华体"公务宣传。倘从写作时间看，又可分青春时期、援藏时期和从商时期三部分。我对后两个时期的他比较熟悉，读着其中文字自是亲切；然而反过来说，正因从未接触过青葱岁月中的他，这会儿欣赏其第一时期诗作，倒又更觉得饶有兴致、别有新鲜感。

　　作者是汕尾人，在海丰长大。若论祖籍，咱俩还份属小同乡（尽管我没在老家生活过）。所谓"天上雷公，地上海陆丰"！海陆丰这片土地上，20世纪可是诞生过好几位名震天下的人物：从背叛地主阶级、建立中国第一个红色苏维埃政权的彭湃，到背弃孙中山、炮轰总统府的陈炯明……不一而足。关于这些前辈如何评价，历史自有公论。但有一点可以肯定，他们都具有一种让后人起敬的勇敢精神：敢为天下先，敢于"离经叛道"，敢"冒天下之大不韪"！而这样的精神，今日业已成为海陆丰一带独特的人文气质。

　　因而，我们阅读永望的诗作也不难看出，勿论言志、咏物、赞颂，抑或多愁善感、愤世嫉俗、悲天悯人，其中篇章大都折射着"不甘平庸，追求梦想"的抗争主题。他出生商贾世家，世俗眼里长大后就应该继续当个大财主。从小"继承祖业、出人头地"的家族压力可想而知，而理想与现实之间的矛盾在他人生中所造成的冲击折磨亦不言而喻。让我印象最深的是，他年轻时曾不堪家族生意的束缚，竟然在某年除夕"一怒掀桌"，愤言坚拒"浑身铜臭"而离家出走。然后多年来，他孤身辗转于珠三角地区的新闻机构和政府单位，白天埋头工作以期脱胎换骨，夜间勤奋写作以求解放自我。后来，更是进而告辞新婚妻儿，主动申请前往西藏工作，追寻"诗意地栖息于大地之上"的梦想……

　　事实上如今出版的这本文集，正是关于"一个追梦男孩逐步演变成一个有故事男人"的真实记录。读者从书中百诗，当可一窥主人公是如何一路"从面对世俗的包围，转而展开对世俗的反抗，再走向对世俗的挣扎，后又回到对世俗的屈服，渐而开始对世俗的理解，最终未免对世俗的格格不入……"在这个不断演变的过程，一方面固然记载着作者的理想和奋斗，另一方面更多的却是承载着他的多少挫折、多少委屈、多少幻灭、多少不甘。由此我们尤可理解，作者的诗中为什么多以"薄命红颜"自喻自况，为什么词里句间总是遍布着诸如"忧伤""绝望""泣血""落寞"之类的悲情符号。无庸讳言，这是一组"人生而自由却无往不在枷锁之中"的命运咏叹调！

　　叔本华说"不是庸俗，就是孤独"。人类对于这种世俗的困境，或可排解的只有天才和艺术，尤其诗歌。于是我们知道：永望的书与诗，不仅为一种个人艺术爱好，还是一种重要精神寄托，并已成为其人生不可或缺的一部分。

　　衷心祝贺永望新书出版！最后谨以《归去来辞》与之共勉："既自以心为形役，奚惆怅而独悲？"

2020 年 9 月 2 日

序二

○张茹侠

认识凌寒君那是多年以前的事了，由于大家喜欢创作，认识是从各种文学刊物上读彼此的作品开始，便也顺理成章了。记得1997年底，我与凌寒君一同参加了邮电系统举办的全国征文大奖赛，结果领奖台上出现的却是他的身影；很不服气，专门找来他那首获得一等奖的诗《轻轻的一声您好——写在电信业高速发展的今天》。思想，是一个善变的东西。一下子，那字里行间的诗绪平服了我的不满。作者全诗上下仅仅抓住一个亮点，一声问好，以"轻轻的一声您好"为主线，贯穿全诗，用春、夏、秋、冬四季的变换交替，刻画出友情、亲情、恋情和爱情的厚情蜜意，"……轻轻的一声您好／为您送去对爱人望穿秋水的挂念／和那对家的温馨的／浓浓眷恋／为您献上久待归期儿女的稚意的期盼／和那梨花的／簇簇生机……"此后，由于一次新闻采写，我们紧密合作，圆满完成，故成了好朋友。

凌寒的文学功底以及他对事物的洞察力，扎实、丰厚，笔锋很有劲道，一次我为篮球明星郑海霞写专题，在电话里与凌寒讨论，他的几句诗一下把郑海霞的个性把握得非常准确。凌寒的新闻采写准确到位，评论犀利，这些都与他温文的粤语口音反差很大（似乎扯远了，与本文集的《序》无关）。

现代社会，尽管商品经济的浪潮冲烫着每一个角落，有不少人以当企业家为荣，并为腰缠万贯而得意洋洋，但也还有不少人甘于寂寞，守着一盏寒灯作诗、写文。由凌寒君著作的《何处是归程：凌寒文集》终于在众多钟爱他的诗朋文友的关注与支持下面世了。再回首它孤寂而喋血的脚印，我们由衷地感到欣慰与鼓励。为自己的痴情陶醉，我们分明看到《何处是归程：凌寒文集》在中国多少还有些沉冗的诗界反射出的一缕躁动而眩目的亮光。

当前，诗读者们常常在难以计数的诗刊、诗集面前眼花缭乱，编辑也为能慧眼识珠而绞尽脑汁。什么是真诗？什么是好诗？这个标准无时不在困扰着我们，令人一再地失望，又希望。我们不得不承认："桌上的小乌龟／落足眼力在稿纸堆里／寻找着价值／燃成灰烬的香烟／哭诉无奈／没脑的苍蝇／跌进墨砚／费力爬出／在稿纸里画下许多／历史／我不知道／他们有什么目的／而我手中的笔／清楚地记录下了世俗／眼光／／风的嘲笑／赚不到钱／文字在他们眼里 只是／垃圾／／……这一夜／眼睛／累了……／没有酒／思想／醉了……"（《文字醉了——许巍的贝斯》摘自《何处是归程：凌寒文集》，下同）。所幸"你是大海的儿子／你踽踽而行的身影／地平线的尽头／一颗星升起／是求索者黑暗中／不死的／心灯／……"（《屈原祭·五月的河》），诗海中正是有着众多这种不畏艰辛的泅渡者，我们才有信心看到我们诗坛的这种觉悟和回归，在《何处是归程：凌寒文集》中我们不仅仅为其纯粹的意象与诗情所触动，更感悟于它们所给予的某种哲理启示。

当我们读到"在睡梦中醒来／我发现被黑暗包围／曙光还很遥远／心／沉重得像冰河的岩石／冷／硬……／没有风／我却感觉到沙丘在移动／渴了／吃一块像石头／一样的面包／肠胃也只是吸收着／药渣的点滴／吐出了黄且苦的胆水／像经受苦难的儿女／对亲人的哭诉"（《犹大的结局·梦醒》）这样的诗句，我们不难看出现实主义诗人在民族性方面的探索成就；从"在这个没雪的冬天／风儿用诗人／凛冽的目光／审视着大地／深沉的两棵树的背影／站成了远山和村庄／和平鸽在天空飞过／袅袅炊烟飘向天际／拉长了游子的乡愁"（《写给春天》）体会到方兴未艾的新乡土诗植根大地的那种精深丰厚的营养成分。

爱情，是一个永恒的话题。在《何处是归程：凌寒文集》中满溢着年轻人那份幸福而忧伤的情怀。"望见你的斜阳／我从溪边走过／有的时候／已经错过时候／消逝的风中／传来风铃呼唤／秋月的天空横吹彩练／我已站在山坡叹息／一步一回头／是满天的忧郁"（《风起的时候》），那种欲说还休的深情跃然纸上。在《桃花缘·那一抹红颜——用花开的时间在鲁朗凌云客等你》中更是将"缘着三月的花径／轻触时光／一些念／流光飞逝／月色在指尖横陈／婉约的心事／不经意一声叹息／敲疼伤口／回落在花开的记忆……"的那种思念表现得玲珑剔透，丝丝入扣。

记得法国文学大师雨果说过："世界上最广阔的是海洋，比海洋更广阔的是天空，比天空更广阔的是人的心灵。"是的，人类的心灵世界是那么广阔，那么深邃，那么丰富多彩，那么灵光四射！因为它，历史才能向前，社会才能进步，人类才能主宰世界，主宰命运。读《何处是归程：凌寒文集》，我用心灵读懂了心灵，由心灵走向了心海的深处，看到了辽阔的大漠、雪山、草原、大海、天空，得到了美的享受。法国诗人马拉美说过这样的话："诗在于创造，必须从人类心灵中撷取种种状态，种种具有纯洁性的闪光，这种纯洁性是这样的完美，只需要把心灵的状态、心灵的闪光很好地加以歌唱，使之放出光辉来，这一切其实就是人的珍宝。"这段话，对文学创作者，对诗歌创作者，尤其像凌寒君这样的以诗为基础创作的诗人，无疑是有益的箴言……

当读凌寒君的文章，从那些文字的拼合中体会到他对人生的思索，对前行的拼搏，与他温文的语音、平和的笑颜形成的反差，是不了解他的人所无法想象的；从那些文字的堆砌中，看到越来越多的人生积累，在他本来就活跃、奋斗、求索的素质基垫上，不断进步而搭建起来的本真硕墅；从那些文字的讲述中，你会看到他激臂劈浪，勇于逆流而上的坚强。人生的终点对每一个人都是一样的，但是在奔跑的过程中，却有着各自截然不同的、独特的闪光。

社会总是在新旧交替中发展，诗歌亦然。网络越是发达，让我们越是处在辞旧希新的时代，诗歌的使命意识使我们作出前所未能的选择（甚至来不及选择时就已被选择），我们唯有以万分虔诚的诗心朝拜圣洁的缪斯，同求生存、求发展。在此，我们期待着凌寒君在今后能创作出更多具生命力的文学作品。

2019 年 9 月 9 日于北京

序三

○植伟森

应文友永望之嘱，为他的《何处是归程：凌寒文集》作序。待细读这本书稿，我惊奇、感奋和欣喜不已，其中多有精妙之处，尤令人击节赞赏。

我与他相识已有二十载，但真正在一起工作和交流的时间却仅半年，说了解尚浅也不为过。在我印象中，他还是记忆中的年轻、诚实、稳重和低调。然而，他的人品和性格，与其颇具特色的作品非同凡响的穿透力，恰恰形成了极为鲜明的对照。他的诗和散文，意蕴深远，耐人寻味，有时会给人眼前一亮的感觉。他毫不掩饰地袒露自己的心扉，把对历史的反思、社会的剖析及人生的理解，糅合着那一段段难忘的生活积累来写；让真、善、美的弘扬，假、丑、恶的揭示，情与爱的撞击，正义与邪恶的较量，融汇交织在一起，使作品波澜迭起，亮点频现，紧紧扣住读者的心弦，在一定程度上产生撼人心魄、回肠荡气的艺术效果，给人以有益的启迪和教育。

他的作品以诗歌为主，写法上颇有独到之处，善于开掘生活，提炼诗情，诗句中往往浸润着深沉的思考、理性的评析，在不显山、不露水之中，让读者插上想象的翅膀，得到别具一格的视觉享受。如《往事》这首诗："太阳走过了／留下星光／／日子走过了／留下记忆／／记忆里的你／依稀清晰／背影依然美丽……"言简意赅，发人深思。另一首《明天我依然爱你》，诗分四段，从初春、盛夏、深秋写到冬雨，结尾归纳为"时光如梭／生命如歌／在风云漫卷岁月变幻的日子里／明天我依然深深爱你"，爱的情感得到了升华，抵达至高至诚的境界。有时，作者的诗句似乎是从生活中信手拈来，但由于观察入微、反复提炼而力透纸背。如"将所有的祝福／所有的爱都缝

进 / 袖口的补丁 / 抚一把 / 感受一下体温之外的火热"（《凌晨的摩托车工友》）通过生活中的一个感人至深的细节，使贫困夫妻之间的厚意浓情跃然纸上。在《雨中的玫瑰·三部曲》这首诗里，他写"浓妆艳抹"的"流莺"，"走过雨中街角 / 一个亮丽的背影进入视线 / 撑一把红伞 / 蓦然回首的惊艳……你累了 / 你实在是累了 / 你实在是太累了 / 所以你用高尚的灵魂 / 去换取你手里的面包 / 甘愿堕落夺取你的清白"在浓郁的诗意中一语破的，振聋发聩，揭示出"流莺"堕落的真谛，对这种丑恶的社会现象痛加鞭挞，收到余音绕梁的效果。在《荷——自叙诗》这首获《参考消息》"阳光·热土"全国征文大赛一等奖的诗中，作者努力摆脱前人咏荷的窠臼，沿着历史的长河，站在现代人思想的高度，去讴歌荷花的高尚品格，弘扬民族精神。"万千年的性格 / 造就这非凡脱俗的品质 / 以一种独有的姿势 / 成就亭亭玉立的清颖 / 定格成 / 一幅亘古的飞天"读起来气势磅礴，如大江潮涌，一泻千里。在为数不多的散文里，作者也把它们诗化了。如《情牵翡翠谷》中的一段话："那夜的松林，那夜的流水，是谁在空谷中吹响了悠扬的洞箫，吹奏着高山流水，那箫声有如夜的河潺潺溢满我心田。"回环跌宕，诗意盎然。

永望的作品，无论是诗歌、散文，还是身为记者时所写的新闻报道，都贴近时代、贴近社会、贴近民心，值得一读。

2020 年 3 月 20 日

荷
——自叙诗

万千年的性格
造就这非凡脱俗的品质
以一种独有的姿势
成就亭亭玉立的清颖
定格成
一幅亘古的飞天
傲骨独舞
似乎是在诉说着
一段千万年的风霜
与世同老
与世共荣
与这沧桑日月
共赋这万种的风情

一代风华
无与伦比的
不仅仅是这个中美色
仿佛又以雍容睡姿
飘然万千宠爱
不染一尘压群芳
塑就一个睡美人的传说
一点朱唇嫣然笑
楼榭歌台回眸远去

只余灞桥堤柳拂岸

在流星飞逝的夜晚
英雄戈戟尽残
谁与你共和
苍穹的边际
浩气与天地
同作冰雪气势
执意共息
以一种飞天的姿势
演化这无际的美意……

抚一丝江风
听笙箫歌罢
望尽天涯路
谁凭吊？
这铮铮铁骨
……

诗歌篇

人生处处有诗意

第一辑　走向岁月的漠边

饮下红尘一杯狂

忧！

何处是归程？

他乡！

宿命斑斓

风

落下满天星辰

点点滴滴在空阶的青苔

寂寞

是黑夜的精灵

占领着冥静的霓虹

旷野的老树

写尽风霜的纹路

年轮的史实

一次次印证现实的酷恶

或许

这时的情感

有些莫名的感伤

然无数次的伤痕告诉血泣

恩慈的情殇

是无奈的悲凉

与亘古的沧桑

玫瑰色的剑光

扯开了胸膛

银河里泄下无数的斑斓

是苍穹的灵魂

在跳动

歌舞

宿命在灰色的夜空中
游荡

路
伸向来时的身影
地平线的斜阳
如季候鸟把头拉长
山花伴着海浪
告诉昏黄的桂树
愁弯了枝头
溶进暮色的只是
秋日的感叹……
枝头上的黄叶
向空中抛了一个弧线
孤零地荡出
一曲心的乐章
沙滩上
一行落寞的
脚印

走向岁月的漠边

多情的楼兰
如小雪玻璃心碎
成就一个亘古的
睡美人的传说
期待那一滴生生世世的
情泪
唤醒时光的无眠
也许
有更多的凄美与无望
可现实的丛林
阻住眼光穿透
无止境地让空谷的
风
流向另一个陌生
……

                1998 年 6 月写于深圳

风月叹

突发病疫，神州殇靡；感叹时世，冷暖自知。新冠病毒疫情期间，
自我在家闭关隔离第四周。

是为引。

——2020 年 2 月 13 日凌晨

雪停风扬疫疠
星陨国殇情靡
花若多情三月雨
暮春垂蕊伤别离
长天怨更漏
山川总关愁
烟浪斜阳苦
憔悴竟无由
落红残露泪莹滴
相望不遇
淅沥
……

曾书生意气

鲲鹏九霄激环宇

箫剑江湖

风月千里

奈何多情已白鬓

半生浮沉

寥寂

感时世叹悲慨

心绪翻卷我执笔

落墨一袭

旧时景致

摇曳

酒盏笙歌桃花醉

筝鼓已残柳色低

沧海曲散红尘祭

轩辕渔叟

冷暖圆缺更替

瞬息

……

何处是归程？

　　新冠病毒疫情又肆虐了一个月，虽国内疫情控制已见成效，然华夏之外却愈演愈烈，病亡极殇，经济受创惨重。一时，感命运之凄苦，叹时世之多艰。

　　是为引。

——2020 年 3 月 11 日凌晨

一

雨纷飞
雁北回
思念的藤蔓
挂满三月的炊烟
在这个季节
那一场花事
那踏花而来的纷繁
几度争扰
终随流水落红匆匆

二

人生萍聚
岁月琉璃
咫尺奢望

已隔万水千山

那沿途的风景

水月镜花

一滴泪

折射

崎岖路上被刻意装饰的负累

栩栩如生

生命

相逢在花开

却总被花落遗忘

轮回在忘川河畔

若清灯苦伴古卷

彼岸

禅境

三

何处是归程？

活着

既清醒而又疼痛……

愿乘孤舟

任光阴浪迹天涯

一路奔波

倦了

累了

尘寰素色

月光下的孤灯

还在么？

念一故人

守一清净

流浪的脚步

盼归
回身一拥
已修得今生圆满

四

佛曰：
五百年之缘分
换今世之回眸
死瞬灭
而生不易
珍之
惜之
莫待低盼刹那之悔彻
怜之
悯之
盈抱同衾守望之珍重
……

活着

半梦半醒中，无来由地在梦里写成了《活着》这首诗，由于梦境过于真切，所以对诗歌的结构、章法以及措辞等不尽之处也就不加以修饰了，仅以原文贻笑大方。

是为引。

——2020 年 2 月 17 日凌晨

岁月沧桑
那是时间的沉淀

天空寥寂
那是失去的自由

生命无奈
那是因为我们还活着……

只有活着
岁月才会因沉淀而有了生命
生死

只有活着
天空才会因自由而有了岁月
斑斓

只有活着
生命因为我们才有了天空
辽阔
轮回
⋯⋯

而我们呀
只是为了活着
活着
活着
⋯⋯

季节变奏

读顾城《一代人》诗作："黑夜给了我黑色眼睛，我却用它寻找光明。"有感写下本诗！

是为引。

——1996 年 4 月 13 日凌晨

浓雾中
凌晨的街角
迸射出一滴血
似剑光中
闪出一朵红色的伞
是木棉树对春的报晓

冬日里
灰色的思想
一泓雨水中
绿色的箭翎
仇恨的目光
射向冬的白色
在胸膛中飞溅
飞溅出山花的盎然
风　不再冷冰冰了
情人的手
温暖地抚摸着脸庞
街上
熙攘的人群
一下子剥落成
一个炽热的盛夏……

写稿子

一个故事怀孕了
一首诗跳动着萌芽的希望

半夜动了胎气
阵痛
在产房的手术台上
主刀医生熬白了几根头发
满布红丝的双眼
一堆稿纸
满是垃圾的文字
黑色的思想
用红色的墨水缝补
急诊抢救失败
被扔进了停尸间
等待着火葬炉里的火
烧成怨气的青冥
发疯似的房间
烟雾缭绕
闷死了许多蚊子
被蹂躏奸污了一夜
满口脏话的烟灰盅
哭诉着：
"又流产了！"
……

1996 年 12 月写于广州

写给春天

在这个没雪的冬天
风儿用诗人
凛冽的目光
审视着大地
深沉的两棵树的背影
站成了远山和村庄
和平鸽在天空飞过
袅袅炊烟飘向天际
拉长了游子的乡愁
麦地里的镐头
锄垦着一个春天的故事
沉默一冬的土地
在乍暖还寒中
又一次爆发出
新绿
这是不是在昭示着
又一个新的希望?

喜庆的锣鼓唱响了大江
浪头拍打着憩息的桅杆
长江黄河是神州大地上
亘古不变
贴写着的一副春联

年糕蒸熟了
黄土地里丰收的心情
汗水酿成醉人的美酒
醇郁的酒杯里一片冰心
一个庄稼汉纯朴的喜跃
门前红红的辣椒串串
是火辣辣的热诚
憨厚忠实的狗儿
在门口的阳光下懒洋洋地
伸着腰打着呵欠
鞭炮声招呼着客人
久违的人们行开了酒令
醉倒在自家的门口
小孩手中的红包
装着大人的灯笼里火烫的
一份心情
一份祝福
一份对未来新的向往与追求

雨停了
太阳探了个头
一下子
花儿笑开了……

1997 年 2 月写于深圳

广州的天空没有月亮

灰沉沉的苍穹
笼罩着都市
压抑的
心灵
黑
是你蒙起的面纱
夜
醉倒在昔士风
少女的体香中
跌碎在翡翠绿的酒杯里
霓虹灯跳跃着
腮边无奈挂起的泪光
浩浩的珠江水呵
震荡着
血脉的涌动
人流
车流
如潮
堵塞着灵魂与现实的
空间
心中的怒吼
也显得
沙哑
无力……

弥漫的深邃的天际
一颗微弱的
星光　在
颤抖……

1998 年 2 月 6 日写于广州

无题一

漂泊的感觉
遗落在花城街角
小雨冷风重了背上行囊

陌生的目光
如戏末剧场
渗散着票根的叹息

失落的心
拖着疲惫的步履
追逐着远去的末班车

原有的冲动
被孤单落寞
拘禁……

1996 年 2 月 13 日写于羊城晚报

无题二

感情的思绪
春雨绵绵般飘洒在你
柔曼的黑发上
轻吻着

为寻找一个新的故事
让睡梦绽放心的微笑
翻遍了你发黄的来信
找到了
却是一个失落的主题

为翻晒一个破旧的梦
重拾温馨
追忆你身影的旋律
翻遍了整个自我
冰凉的泪水
滚动着
失落的彷徨……

1995 年 8 月写于汕尾报

无题三

岁月无声，
留沧桑层叠如钩，
绿影落红缤纷，
无奈春色早去，
悠悠江水千古流。
谁凭吊？
潮起潮落。
声声。

2001 年 11 月写于香港大埔中心

累

将昨日吞下
还今朝一滴晨露
岁月的风
从不停息
往复着
昨日的悲凉

心
怎一个累字了得？
……

2006 年 10 月写于珠江时报

枯坐生命

你不曾
看过我的阳光
只在想象的天空
描绘

坐着的生命
在遨游
死亡在脸上
刻写黄斑

我
不是你的梦魇
你
却在侵蚀我的岁月
……

1998 年 10 月写于深圳

嗟叹人生

都市的车轮
如洪流
一次次辗碎我的梦想

铜臭的腥味
如冰刀
扑面

心在滴血
泪水淌下
冰冷的
寒意阵阵
无尽的是心悸
夜夜陪伴着寒山寺的
钟声醒来

现实的
眼前
空间更是黑暗
灰蒙蒙的世界里
何处是宿命
最终的家园？……

我热情于生活
但我疲于生活
我赞美人生
但我也
嗟叹人生……

1998 年 12 月写于深圳

桔

生命种下的苦果
汗水获得的甘甜

1996 年 2 月 13 日于汕尾日报

砚

——题古砚台

不管风往哪边吹
你岿然不动

你满怀墨汁
不自黑
将所有情感溢于纸上

当岁月在你脸上结痂
却成就了你的
沉淀……

2018 年 1 月 2 日于林芝鲁朗凌云客酒店

有风吹过

——游景山公园有感

历史的躯体

一路蜿蜒

起伏着历代帝国王朝的

兴衰与哀荣

眼前的辉煌已

不再是昔日的庄严

玉栏雕砌已

在岁月的风化中

沉寂

失去了

昨日的

雍容与华贵

楼阁香兰已无奈地

在风沙的淹洗中

老去

伴随着万寿寺的晓钟

声声悲凉

不变的只是一树梨花

万点泪光

洒满地凄清……

千禧年初春于北京景山公园

此刻

窗外

雨依然下着

酒杯里

往昔的岁月

沸腾

泪的孤帆

在感情的海中浮沉

飘零的心

拖着疲惫的双脚

只想敲响遥远的风铃

那逝去的风景

默然惆怅

这冬夜的灵魂

如飘落憔悴的梦

冰冷

恒远……

1996 年 3 月 23 日写于汕尾海丰

悲秋如画

雨打芭蕉

淅淅沥沥的

不是雨声

而是心语

那多情的眼眸

仿佛又如昨日

在那

长发飘洒的西窗

诉说着

一段早已逝去的故事

一首满布灰尘的诗

精

有心灵

在飞翔

巧

有灵魂

在呼唤

⋯⋯

2000 年 11 月于深圳蛇口

平湖秋月

秋湖滟影映碧空，
古树波光水淙淙；
广寒仙子疑化境，
嫦娥梳妆入画中。

2003 年 9 月 11 日写于广州麓湖

咏白菊

片片冰心迎霜开，
疑是玉人入梦来；
谁言芳踪无觅处？
秋入烟缈遍两淮。

2003 年 12 月于杭州

中秋月夜·小梅沙

银色海风踏波涛，
月清橹直待起锚；
今夕神州齐欢庆，
弄潮人儿最风骚。

1999 年 9 月 30 日，和黄志建于深圳"中秋·大梅沙"

西湖随笔

秦淮歌怨昔日情，
秋月三映仙子行；
春晓苏堤绿影笑，
箫笙尽唱乐凡尘。

1999 年 7 月于深圳蛇口

黄山吟

——林永望、林万成同游黄山随记

黄山非黄绿葱苍，
灌木娇姿岭峻幔；
奇石秀峰穿云去，
凡人不知顶轩辕。

自古长城立奇颂，
黄山石阶势亦雄；
巧匠苦筑千万级，
曲折蜿蜒入九重。

汝欲试其顶几层，
足脚加杖毅力宏；
攀岭拾级莫回顾，
弯腰作揖拜下风。

黄山顶上景万千，
一峰一石羡神仙；
芍树松林参天拜，
白云绕腰舞蹁跹。

布水峰下北海潮，
云际峰上云低头；
紫云蓬莱彩云游，
引针峰峦织彩绸。

公鸡峰邻狮子吼，
仙都琼楼玉生香；

白鹅岭顶百鸟朝，
石人峰下步仙桥。

九龙千刃蛟龙让，
清潭飞流瀑万丈；
双猫捕鼠狗望月，
武松打虎高跷辇。

十八罗汉舞长虹，
一线天上迎客松；
仙人指路云谷道，
天门过后耕云峰。

观瀑楼前猴园荣，
仙人榜下龙女宫；
清凉台上猴观海，
仙女遥望五老峰。

九重天外显黄山，
人间仙境世无双；
鬼斧神工穷墨彩，
苦了天堂乐凡间。

一品黄山日冉升，
残阳西唱犹堪彤；
汝到长城是好汉，
吾登黄山不豪雄？

2001 年 7 月与兄林万成合作写于香港大埔中心

太阳泪

掌心上的一颗珠子

晶莹

脆弱

怕一不小心跌落

碎成七彩的虹练

江南多雨的桥

撑一叶扁舟

在唐宋的烟雨中流连

倾听秦淮曲韵

反弹琵琶的飞天

身影随着钟声停泊在诗酒画廊

雨巷的伞

婀娜

溶进今日的酒杯里

成了淡淡的愁

长发飘处

起舞的香风拉着丝愁

拧进琵琶

水墨柳条做的弦索

弹长了夜的悠怨和

一弯新月

思念的风帆忧郁着驶过

在阳光下凄美成雪山下

祈愿的旗幡

彩带在风中飞舞

兀鹰在长空盘旋

目光猎处

骷髅

眼孔里滑下的珠泪

在未来得及滴落冻土前已凝结成

玲珑的化石

碳化后

心

更坚实了

多年后的一个春日

山花也许能开成一朵

光芒四射的钻石

那是太阳诞生的女儿

太阳泪……

2000 年 9 月写于深圳南山

第二辑　忘不了的雪域蓝

西藏，是蓝色的净土；

抬头，你可触摸神圣的湛蓝。

雪水清扬，冰河悠长；

万里羌塘，云是湖的眼。

来自鲁朗凌云客酒店的呼唤

这是来自
远古的呼唤
云朵为你
献上洁白的哈达
雪山为你
送上吉祥的祝福

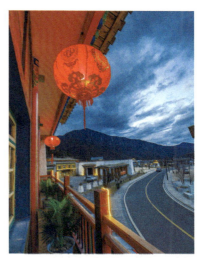

这大地的丰馈哦
写满内心的富足
圆满与自在
雅鲁藏布期待着与你一会
续写那宿命的情缘

这是千百年来的
呼唤
林海声声
诉说着鲁朗扎年
情人的思恋
唐蕃故道
升起风马
把满怀的情感
化成雅伊湖
祈愿的泪光

掬捧入怀
日夜为你挂牵

这是来自新时代的呼唤
南迦巴瓦金戈在手
那帕隆的阵阵战鼓哦
雷响世纪强音
诚邀弄潮儿共赴这盛世传奇

色季拉漫遍的杜鹃花
温情祈盼
那束来自长发西窗的目光
桃花源火热而多情姑娘
异样且醉人的腮红
期待着你的撷取……

选自凌云客酒店"寒山斋"作品
2018 年 3 月 21 日

我在鲁朗凌云客等着你

当七月
拥抱第一缕阳光的时候
凌云客里净水焚香
梵音低蔓
皓月星光萤虫
生如夏花
心绪如飞

恍然记起
那些写给六月的文字
还来不及整理
正如孩儿时甜梦里散落的
笑靥
或是手中的这杯清茶
短暂
又如此之隽永
弥香……

花开
已是花谢
还不曾温暖自己
思绪
像鲁朗多情的扎年

有如爬山虎的藤
等不到花香四溢
身影已被地平线越拉越长
成了朝圣路上
无声的
叩拜
⋯⋯

岁月
或因忙碌
交集无期
但你我知道
色季拉的风马猎猎
在时光的轮回中
呼唤

呼唤
昔日的青葱
呼唤
青涩的呢喃
还有那不被涉及的
泪水
幻化成风
荡漾成措木及日
滟滟波光⋯⋯

选自凌云客酒店"寒山斋"作品

2018 年 6 月 29 日

相约鲁朗凌云客

风暖了
青稞熟了
树梢上的鸟窝
诞下了两只画眉
凌云客里的酥油茶更加香醇了
我等你的到来
······

从花海出发
走向崎岖
生命的舟
划过
岁月的河
化作飞天
漫舞天际

雨
是相聚的热泪
在拥抱时洒下
纷纷扬扬
成了摆在面前的美酒
未饮先醉

不为来生缘
只为今世愿
转山转水转佛塔
前世无数次的颂唱
是今天相逢的背书
是宿命的安排

迎风
走在人生栈道
挥洒青春
执子之手
与子偕老
跟沧桑问好
向岁月请安
生死相依
共看夕阳
……

选自凌云客酒店"寒山斋"作品

2018 年 8 月 26 日

桃夭·惜红颜

——致林芝鲁朗凌云客三月的春光

岁月蚀秋冬萧残

竖琵琶数根呢喃

风忧伤

雨千行

落红惆怅

泪断

弦乱

一盏昏灯映花黄

研墨添香

涤清涟入影

绻绻流年

盼客旅三月

不负春光

……

背金鼓掠阵云响

泼黛绿紫萝江南

蓁莽旺

胭脂染

守候花畔

嫣燃

绽放

一卷情书蟒首望

空谷幽篁

感韶华易逝

桃夭灼灼

惜红颜薄凉

莫负春光

……

选自凌云客酒店"寒山斋"作品

2020 年 2 月 26 日

心若相向

——写给鲁朗凌云客的秋天

懒阳挥洒
秋意
爽爽恋着酷夏
不愿撒手
是季节的无奈
无端令这意境
徘徊

捧
一把黄土
低头
闻闻这秋收的芳香
是汗酸酿出的美酒
才飘得久远
久远
……

古老的晨钟
已雁过留声似的沉默
多年
再不是此情此景

荒芜一片
青青高山
留不住弯躯的身影
让寂静
日以继夜

沙海无声
耸立的风车转着
流年
是倾诉的心雨
追着点点的回忆
与风共唱

心若相向
明月千里寄相思
道路尽处
是挥手的背影

让
枫叶一片
似心
与君聚……

盼
春来秋去
人长久
与君醉……

选自凌云客酒店"寒山斋"作品

2018 年 8 月 31 日

中秋月

——写给月光下的鲁朗凌云客

一

用颤巍巍的思念之手
掬起一把相思泪
在静夜里洒落
一幕星光
凝视着
他乡流浪的风尘
暮露
沾湿两肩秋风

二

今夜
我踏着潮汐而来
停在你的窗口
窥探着你昨夜的容颜
满怀的柔情
剥落成今宵红尘中的
秋霜
在你的额头搁浅

成了深深的皱纹

……

三

在入夜的子午
请允许我摆起香案
点燃心的祈祷
香烟飘起
是我明灭不定的心事
摊开
与明月
共鉴
唱和一夜清辉
就这样让我揽你入怀吧
与我同眠
同圆一个美丽传说
同圆一个梦……

选自凌云客酒店"寒山斋"作品

2018 年 9 月 18 日

思念

——写给鲁朗凌云客的暖阳

十月
在这一叶知秋的时节
季候风拉长了思念的长袖
金秋的丰硕
初冬的悲冽
那情人多情的泪水
凝霜
成了洁白清纯的哈达
挂满了路边的祈愿树
那思恋幻化成风
铺满迦拉白垒
圣洁的白雪
皑皑
······

南迦巴瓦
思念那余晖的夕照
扎塘鲁措
思念那波光的潋滟
花海牧场
思念梅朵多彩的芬芳

而我
却独独
思恋凌云客里冬日的暖阳
还有那
来自西窗
你异样的目光
……

人在异乡
心已归途
就让我与你归去吧
……
回归
阿妈眼泪的
湿热
温暖了酥油茶的
香醇

回归
阿达额头的皱纹
银碗里的青稞酒
燃烧成帐篷里龙炉的
火热

回归

昨日的你我

凌云客冬日暖阳下

这一刻

彼此拥抱的

宁静

……

选自凌云客酒店"寒山斋"作品

2018 年 10 月 1 日

羽

——写给鲁朗凌云客的初雪

人为裹起的壳
很想坚强
却软弱无物
化外大千
风起
心动
羽
淋漓
雨霖铃
……

灵魂深处
与世隔绝
阳光下
那初冬的白雪
是谁将你舞动？
原野
是你幻化
蓝色世界的羽翼

童话?
精灵!
……

寻觅
脚
却不知方向
找不到
来路
扭曲的思想
却成了未来的
领袖
引领着乳液的
流向

檐口
滴下的线
丈量着大地的厚度
羽
告诉我
这是你的
情话……

选自凌云客酒店"寒山斋"作品

2018 年 10 月 11 日

喜欢，是手中一杯清茶

——品悟鲁朗凌云客的茶禅

我喜欢在所有
美好的细节上
自然地流露
文字
或者思想
没有章法也就不加矫饰

倾听
风铃的歌唱
在暗夜的暮色
如昙花绽放
……

在铺满绿草的林荫下
散步
和自己喜欢的人
一同感悟人生的真谛
让多情的秋风轻叩
你那长发飘洒的
西窗……
感性的思维深处

是平静和安详

恬淡与隽永

是手中一杯清茶

没有丝毫刻意的

粉饰与雕琢……

宿命的冬日

昏黄写满远山的悲冽

岁月的洗刷中

我风采依然

不理会太多的纷扰

这样的人生和内心里的感觉

还是手中这杯清茶

袅袅　淡淡

清清　楚楚

……

选自凌云客酒店"寒山斋"作品

2019 年 1 月 12 日

桃花缘·那一抹红颜

——用花开的时间在鲁朗凌云客等你

流云轻唱
笙箫痛了谁？
一曲落红
若尘幽梦又叹谁？
年年花开花又落
不见当年花满天
是谁辜负了光阴？
又是谁辜负了春光？
还是这眼前的一抹桃红？
……

缘着三月的花径
轻触时光
一些念
流光飞逝
月色在指尖横陈
婉约的心事
不经意一声叹息
敲疼伤口
回落在花开的记忆……

在花开的季节
米拉山口的风马

在千迥百转的云幔中
招摇
不是呼唤
而是等待
等你的到来
不为别的
只为这一朵花开的时间
让我
在那雪山之巅
在那尼洋河畔
用一朵花开的时间
遇见你······

南迦巴瓦长戟凛凛
挑破这苍穹莽莽
时光刹那
成就了花开妙曼
遍野······
苯日神山法螺阵阵
吹响雅鲁藏布踏浪而歌的吟颂
为众生传唱
信仰······
连矜持的虹
和那桃林掩映下的回眸
也披满霓彩霞光
用一朵花开的时间
等你
等你那一抹红颜
······

选自凌云客酒店"寒山斋"作品

2019 年 2 月 26 日

半壶纱

——应好友之托作于鲁朗凌云客

翰墨入酒

游龙舞蹁跹

月色竹影

惊鸿剑光

横渡

莲花点点娑婆九层天

凝眸诗书

小楷锁青案

流袖彩练

朱红落款

长歌

琴瑟素绾太白邀河汉

北风秋意寒

小雨敲窗

沉香隐

茗香凉

暖玉入怀

如丝夜光

红唇浅笑

一抹温婉可通禅？

……

选自凌云客酒店"寒山斋"作品

2019 年 4 月 13 日

夏至清涟

——写给鲁朗凌云客的雨后

鲁朗朵绒措的莲花开了，静寂的幽谷，有着盎然之生机；今日夏至虽是清冷，且又是日食，但雨后的彩虹足以点燃内心之热烈。随笔写下！

是为引。

——2020 年 6 月 21 日

云起　风卷　雷惊

水袖伴夏至

潮湿且不安靖的季节

酸涩着这漫长的寂寥

寂寥　不仅仅是这雨丝

还有那现实迷茫

伴随着扎塘鲁措的风岚

徘徊

怯弱凄清

独自神伤

......

花海牧场

雨后虹桥

缠绵时光的葱茏

轻弹浅唱黯了流年

折映云烟

明灭不定的悲欢离合

化作一帘墨痕

飘摇

......

沏一壶清泠
看光阴起伏
在叶片中轮回
是新生希望？
或是茗香诗行？！
徜徉着浮光掠影
多份宁静
多份悠闲
……

若遇莲
即是缘
朵绒措的清莲
开了
绽放
是冰湖遇见尘寰
赠一程山水
泼一幕风景
……

走在湖边
与影并肩
遇见过去的自己
赴一场不经意的约定
不需等花谢
无需听天籁
看世俗众生
尘埃
……

选自凌云客酒店"寒山斋"作品

2020 年 6 月 22 日

人间七夕鹊桥仙

美人如玉
英雄千古
裹挟红尘纷扰
织几分繁华
几世江山

月升日暮
施阴布雨
缠绵眸湿几许
疼红烛玉枕
终须离散

花开花谢
几度凋碧？
百年云烟一刻
万千风流孤星泪
逐水飞鸿
今日
何地？
飘零……

坐读菩提

弹三千风月笔端

细数呢喃

瑟瑟芳华相思

妖冶

沉醉墨香箫音

轮回前世今生噬骨销魂

听弦断

梦醒书写千年倾城

……

选自凌云客酒店"寒山斋"作品

2020 年 8 月 26 日

梦回宋唐

——庚子中元写于鲁朗凌云客

多次拜谒敦煌，无数次想为敦煌写点什么；然，一直没有成文，每每思之，余念难遂，内心愧疚，甚是惶恐。近再访莫高，终成诗。以飨读者。

是为引。

——2020 年 8 月 26 日

古道徘徊
离殇粉黛
泪滴朱唇梅花烙
暗香浮动憔悴
一痕素裳沐烟雨
邂逅
纱窗浅影

为你执剑
碎江山
葬红颜
何堪？
跨马临崖
俯瞰沧海桑田
霓羽残匾

花祭流年！……

倾城芙蓉乱世雪

大漠挽弓射穹苍

掬一轮冷月

弹一曲敦煌

抚一丝清风

踏千年尘烟

飞天

反弹琵琶

唱尽婉转

馨风摇扇醉琉璃

疏影话凄凉

月泉呜咽

莫高断肠

黄沙漫漫掩古卷

痴叹酒独倾

泼墨

韵染

叠成宋唐

……

千江月明
——写给鲁朗凌云客秋天的心事

冰肌玉骨
一尘不染
夜阑望舒寒
托映万里冰心
一袭青衫
踏破关山
斩不断幻世天地间
过往云烟
箫音起
卷一树梨花飞雪
葬一冢月光
哽咽瑟瑟凝成霜
青丝白发一夜间
回首已百年

误红颜
浅吟心语染墨香
长相忆
日夜萦牵
一纸拓痕泪湿遍
落笔暮野醉枫倦

尽是相思

望尽天涯路

漫漫

孤影泪潸

爱恨离愁渐消瘦

轻回首

韶华若梦

繁华过处

弱水荒芜指尖微凉

······

岁月静好

——写给鲁朗凌云客的羁旅

万里关山
卧雪眠霜
任世事沧桑
听风吟
看雨落
染墨流年
弦琴欲弹指零乱
涔潸！
……

大漠杯殇
青春容颜
余晖渥天厴
读书卷
闻尘香
往事如烟
只将步履掩藏
蹒跚！
……

浅读冬日

让心语素念

朝暮相畔

文飞云翰

画一世花明

写一幅思量

绣一季柔肠

聆听一花一世界

感悟一叶一天堂

岁月静好

碧海青天

......

关山月

——庚子中秋于鲁朗凌云客

千年明月照古今。明月依旧，物是人非；新冠未消，遥寄婵娟。托清风送上祝福，愿天下太平安康。

是为引。

——2020 年 10 月 1 日

烟波人醉
独赏金蟾
羌笛吹破关山
梵音潺潺

云追影淡
朦胧鬓霜
兰舟远去意阑珊
寒鸦竞相

夜未央
浮世翩跹
笑桃花
陌上春闺风比肩
梦犹长
缤纷几多朝？

千年
……

苦蹉跎
苒苒物华湿青衫
剪不断
孤寂伴
寄红豆问君依旧？
梨花暗香酒入眠
细雨敲窗
天涯羁旅误鸿雁
墨园一庭芳残
……

何处是归程？

——庚子重阳写于鲁朗凌云客

新冠肆虐，登高寄远；遥望故梓，托以秋阳。求国泰民安，祝阖境乃祥，愿家小康健！

此心安处是吾乡。

是为引。

——2020 年 10 月 25 日

染血江山

万里霜烟

怎敌

你朱唇一点

回眸一笑

风云变

醉相忘

疏影话凄凉

小桥流水

天涯

……

过尽千帆

褪色华铅

仗剑江湖丹心碧

一缕秋风叶落残

月隐寒江

独望千年

遥远

轮回？

终点！……

寂寞沧桑谁断肠？

穿越忧伤

埋葬

泪含

饮下红尘一杯狂

忧！

何处是归程？

他乡！

潇潇暮雨洒江天

清水幽扬

离人远方

苍茫

……

箜篌引·悲秋

——写给鲁朗凌云客酒店的第一场雪

夜寒更漏衣巾染，
意阑珊，
秋雨入帘。
泪满襟，
顾影独怆然，
游烛摇红叹薄凉。
似水红颜，
逝去也！
落花纷飞霜满天。
谁辜负？
风中舞。

胸有层楼梦零绝，
空余恨，
翰墨难却。
箜篌引，
憾筝瑟弦阙，
黄沙古渡琴声灭。
昔往建谪，
风尘掠！
故园不再王侯谒。
谁曾悯？
箫剑咽。

选自凌云客酒店"寒山斋"作品

2019 年 12 月 5 日

掬·暗香

——写给鲁朗凌云客的腊梅

一缕冷香
掬一轮水月雪浅
婉转千年
奏一曲红尘绝响
听弦断
三千缱绻墨染
粉黛苍
十万浮华坠湮

一盏茶香
掬一泓流水清涟
细语涓涓
诉一世轮回夙缘
天涯远
朦胧凉酒蔓延
梅花残
荏苒岁月过往

青灯茫
梦回间
踏雪寻梅梦一场

背影渐远
谁家庭院？
⋯⋯

最思量
泪自尝
对月啸歌清幽憾
孤单梦忆此生禅
玉锁珠帘
不相识
又何妨？
⋯⋯

选自凌云客酒店"寒山斋"作品
2019 年 1 月 6 日

掩埋

——写于西藏阿里古格王朝遗址

一

历史沉缶
青铜的戈
赤裸
土林黄脊
无你无我无他
更无青藏
只余贫瘠深思
无来无去

二

羊同象雄
狮泉河
卵生莲花
孕育辛饶魔本
在古丝绸的十字路口
绽放
无污无染
无垢无灭
诸法空性
雍仲恰幸

三

时光
崛起也是衰落
曾经的辉煌
掩埋在这夕照风沙
呜咽

任谁凭吊？
那古格城垣下的死亡
声声悲凉
是刽子手人为的血腥？
还是岁月沉沦的虐杀？
也许
是造物主故意的安排！
无？
有！
虚，
空！
从未无过
也不曾有过

四

从来时来
从来时去
狮泉河哺乳
玛旁雍措依偎
冈仁波齐守望
人们在不断死去
信仰依然活着
不因风起
也不因雪飘
只缘心中
轮回
……

选自凌云客酒店"寒山斋"作品
2019 年 4 月 23 日

蕙兰新笺

晴丝乱青台，
独行。
鼓唱灰已烬，
蕙兰新笺，
乌啼。

霖铃响，
月隐星稀；
兰舟歇，
晓风拂柳。
箫笙残，
烛影灭。

醉卧白纱晨雾，
笑看红尘人间。
玲珑随梦入江南，
飘飞。
沙鸥点水，
绕烟雨十里珠帘，
滴滴。
悠悠……

选自凌云客酒店"寒山斋"作品
2019 年 5 月 4 日

屈原祭·五月的河

岁月的风
吹了千年
……
心头的泪
滴了千年
……

千年的祈愿
帆影在云端驶过
丑恶
不安靖的海
浪头澜涛起伏着
酝酿着
命运的苦酒
破漏的蛛网
打捞着
生活贫瘠的鱼米
乏力的桅杆
无奈地支撑着精神
腐化的现实
人心的吃水线
丈量着方圆的厚度

黑夜

剥落

虚伪的面具

星空下

疏薄的衣襟

扯下了画皮

赤裸成原始的冲动

美丽在空中飞翔

屈辱的泪水锈蚀长剑

秋日里悲冽的楚歌

你唱出《离骚》

"路漫漫其修远兮,

吾将上下而求索 "

……

在长风里起舞

绝望

像黑色的墨烟

吞噬了

最后的一抹微光

……

五月的阳光

汨罗江

清者清

浊者浊

千年的时光

水依然流着

粽子与鲜花

龙舟与光阴竞渡

擂出新时代脉搏最强音的战鼓

你是大海的儿子

你踽踽而行的身影
地平线的尽头
一颗星升起
是求索者黑暗中
不死的
心灯
⋯⋯

选自凌云客酒店"寒山斋"作品
2019 年 6 月 7 日

雪域蓝

——写给西藏公安民警的散文诗

应林芝市公安局请求为西藏公安民警写一首歌（MTV），经市、自治区公安部门审核定稿，并谱曲发布。向人民公安致敬，向人民警察致敬！

敬礼！

——2020 年 3 月 29 日凌晨

开编·原生态独唱

ཁྱེད་ནི་གངས་རིའི་ཁྲོད་དུ་ལྡིང་བའི་ཐང་དཀར་རྣོན་པོ་ཞིག།

（译意：你是那雪山上最美最纯的一抹蓝。）

主歌一

西藏，是蓝色的净土；
抬头，你可触摸神圣的湛蓝。
雪水清扬，冰河悠长；
万里羌塘，云是湖的眼。
虔敬而行哦，
只因你身上这雪域蓝。

主歌二

珠峰，是高昂的头颅；
冰山，是你挺起不屈的脊梁。

刚毅尼洋，桃红温婉；
灯火呢喃，护人间冷暖。
虔敬而行哦，
只因你身上这雪域蓝。

小副歌

你们是最美的风景线，
你们无愧为人民公安。

主歌三

坚强，背面尽是泪水；
疫起，你挡洪流于天将倾樯。
对党忠诚，服务人民；
不灭信念，守一方平安。
虔敬而行哦，
只因你身上这雪域蓝，
你们是最美的风景线，
你们无愧为人民公安。

副歌

五星金盾显真章，
巍巍昆仑谱新篇；
一身正气擎西南，
为国守江山。
惩恶灭罪冲在前，
热心为民无怨言；
一片丹心铸华光，
写忠诚担当。
山河共知，日月同行。
你是那雪山上
最美最纯的一抹蓝，

你是人民心中

那醉美醉纯的琼浆……

副歌重复部

你是那雪山上

最美最纯的一抹蓝，

你是人民心中

那醉美醉纯的琼浆……

创作感想：

  头戴国徽警帽，身着深蓝警服，肩负国家安全使命，这是每一位人民警察的荣光。当前，新冠状病毒疫情未消，西藏公安、林芝公安等全国所有的公安民警在党中央、国务院的统一指挥下继续坚持岗位，加班加点，全情投入抗疫一线的工作中……

  历史的使命，塑造了人民公安坚强的忠诚人民卫士光辉形象，歌曲《雪域蓝——写给西藏公安民警的散文诗》的创作和成曲也应运而生。应林芝市公安局邀请创作歌曲，作为一名把西藏视为"第二故乡"的援藏干部，我把所有情感、情怀都糅进了这首歌里、诗中的字里行间，歌曲始终以"立党为公、执政为民"为核心，围绕"惩恶扬善、热心为民"的基础，结合"防疫抗疫、敢于担当"的线性，同时又以"西藏地缘、林芝特色"作烘托，深情且细腻地描摹了西藏、林芝人民公安的坚强、刚毅和柔情似水的家国情怀，淋漓尽致地展现了西藏、林芝公安的良好形象！这既是向坚守岗位的公安民警致敬，也是向无数在疫情中坚守岗位的医护人员和广大党员、干部以及工作者致敬，更是向我们伟大的党和祖国致敬献礼！

当然，由于水平有限，在创作上也存在着很多很多的不足、缺点和硬伤。在此，向所有读者、听众致歉了，也请众方家多批评指教！

空 · 相

青丝入梦魇，
枯灯横渡苦般若。
意阑珊，
无量静寂。
空若何？
历沧桑。
叹人生，
起起落落，
无奈许多凄恻。
空余冷月，
如霜。
……

原始底稿：

执

入梦魇，
苦般若，
意栏栅，
无量静寂。
空若何？……

叹人生，
起落！
无奈多凄恻。
空余冷月……

选自凌云客酒店"寒山斋"作品
2019 年 4 月 1 日

无关风月

仗剑孤灯
我执笔
丹青
袖月清风
留嫣蕾芬芳
三千
……

香烟飘邈
我弹曲
凌梦
回眸倾城
江山一笑
留我风中低吟
白骨怨
弱水
红尘
……

诗歌原名《红尘若梦》，选自凌云客酒店"寒山斋"作品
2019 年 4 月 6 日

文字醉了

——许巍的贝斯

墙上的钟响了

咚咚……

三下……

四下……

五下……

许巍的贝斯弹着

弹贝斯的不是许巍

也许是心

乱了

……

心,

瘦,

疲。

累!

血压高了!……

桌上的小乌龟

落足眼力在稿纸堆里

寻找着价值

燃成灰烬的香烟

哭诉无奈

没脑的苍蝇

跌进墨砚

费力爬出

在稿纸里画下许多
历史
我不知道
他们有什么目的
而我手中的笔
清楚地记录下了世俗
眼光

风的嘲笑
赚不到钱
文字在他们眼里　只是
垃圾
时光
在自由女神前的广场上
哭泣
音乐喷泉在腮边
涌起　流淌
泪
滴落掌心
溶进思绪
刺痛本被磨尽的
自尊

这一夜
眼睛
累了……
没有酒
思想
醉了……

　　　　冬至写于林芝鲁朗凌云客酒店
　　　　　　　　2019 年 12 月 22 日

雪域红棉

——贺西藏广东商会成立

雪域暖阳拥红棉，
乡音齐聚话高原。
宜乘东风齐奋起，
千帆共济春满园。

选自凌云客酒店"寒山斋"作品

2018 年 5 月 26 日

中秋月·易贡援藏

今夜无月，
淅淅梧桐细沥，
伴雨听清秋；
儿啼星隐，
易乡更深川急，
对烛无语，
愁绪绕涟漪。

风过林峦，
阵阵声声唤儿归，
故梓梦里催；
佳期无凭，
归鸿托寄岭千重，
红枫明月，
诗酒共天伦。

2011 年 9 月 12 日（中秋）深夜写于西藏波密

那年·那月

独赏孤月
瑟瑟相思
一季落花满帘
那年

谁坐菩提
烟雨离殇
一阙箫音宋词
那月

花开彼岸
雨落寒烟
咫尺天涯陌歌祭
莫道销魂容颜瘦
浮华三千
那年那月时光逝
那情那爱已千年
一曲绝响
埋葬
……

2020 年 11 月 25 日写于西藏拉萨那年那月客栈

葬雪

盈袖暗香
听雨桥旁
白衣策马客他乡
一纸红笺
霓裳翩翩
良辰美景鼓惆怅

抚剑长吟
千里眷恋
煮一壶心茶
竹笠饮青山
回首望
红颜远
韶华舞流年
孤影泪衣衫
阳关
⋯⋯

2020 年 11 月 13 日写于可可西里三江源

第三辑　那一抹红颜

我将这样和你去一生

不想那生命的花怎样开放

即使

暴风雪野

我也将这样伴你踏遍天山

等①

——题写绍兴沈园之一

沉寂中的沈园
风雨飘摇里
堆积着
千年的情感
等待着西斜的夕照
映红那
久不见笑容的红腮
麻木的脸庞
许久没有
传递情感的信息
显得苍白和木讷
不善于表达
那内心千年的相思

墙上
死尸般不动的兰花小楷
如枯萎的灵魂
流露着落寞锥心的
颓废
文字里
活着的思想

写满幽怨

幽怨

是昨日的惆怅

在今日醉人的

血色的葡萄酒红里

被愁思拉长

发酵成风尘里

久久伫立

等候的胡杨

沉淀成悠扬的诗篇

在牧童的短笛里吹响

更醇了

醉倒了一波秋水……

香径却未扫

莲步点点

海棠花影摇

那唐琬儿凭栏远眺的闺阁

一任东风吹劲

不知何日的黄昏？

送来彩蝶一对

是梁祝错会楼台？

还是放翁对故地的重游？

也许

这只是招梦的人

错失的幻觉

在目光寂寂的深院

读一池融融的心事

在冬阳背后潺潺

流响……

注释:

　　①沈园,又名沈氏园,位于绍兴市区延安路和鲁迅路之间,本系沈氏私家花园,故名。清乾隆《绍兴府志》引旧志:"在府城禹寺南会稽地,宋时池台极盛"。原占地面积70余亩(约46666平方米),是南宋时江南著名园林,现为浙江省文物保护单位。

　　相传,南宋爱国诗人陆游初娶唐琬(小名:琬儿),伉俪相得,后被迫离异。绍兴二十一年(1151年),两人邂逅于沈园。陆游感慨怅然,题《钗头凤》词于壁间,极言"离索"之。唐琬见而和之,情意凄绝,不久抑郁而逝。

告别昨日

——题写绍兴沈园之二

风中的心事在空中飞了几转
落在了发霉的青苔上
长成绿蓝蓝的岁月
青春
不知何时也开花了
在阴沟里漫溯
漫溯
一夜的星子
不小心被那长脚的蚊子
叮破
告别落幕的话剧
那小丑无奈地对着
人群笑
笑失意？
笑剧终？
但人生的戏却未演完

寒风凛冽
在孤子的路上看雪舞秋山
就这样
让雪在身边轻轻地落

让思绪轻轻地飞

告别昨日的斜阳

挥别那天的雨幕

轻轻地

让我轻轻地走

走在这无人的街角

让我们就这样轻轻地擦肩而过

往复昨日的明天

今天的昨天

多情总哭诉无奈

星儿在静瑟的夜阑

轻轻地告诉我

你的伤感已在昨日

告别……

鸣响丧钟

让四方的人们都来吊祭

待听那阴沉的丧钟

向世人宣告：我已逃离

待你读到这诗行

沈园

千年的心事

千年的压抑

随流水而去

悠悠

千古多少事

大江浪淘卷起又潮落

滔滔

一去不回

正如我们在庭后的小路上

侃侃闲谈

声音如屋顶上麻雀的啾啾和鸣

如江水东去
流入那退潮的海湾……

沈园
千年的礼教
千年的枷锁
这昏暗的宅邸
恍如僵死的微笑
虚伪的微笑
目光呆滞而冷酷
在赤色的镰斧下
砸碎
满面苍白世代的封建专制
那世故的严酷的戒律
被一张红布包裹着的五颗金星
——粉碎……
沈园
千年的自由解放
千年的大门……
在今日的阳光下
顿然
洞开
——向游人
开放……

2002 年 10 月写于深圳南山

再读顾城《英儿》

盛上一滴泪
当作薄酒去吊祭
那死去的情感
洒在咸咸涩涩的来路

立一方树叶
作为墓志去镌刻
那横躺在棺木里的爱情
见证这死亡的思索
……

2000 年 7 月写于深圳南山

献给苏静

你千遍的想象划过

世纪的长空

还有你

无数的呼唤

如果世间

真有轮回

我不知道你是

怎样地往复你的生命

好像

绝野的牧歌

至今仍在苍宇飘摇

你的希望

仿如绝望

你的绝望

带着希望

这样反复

如同奥林匹斯山上

为众神贬弃的普罗米修斯

尽管山下的

圣火在熊熊燃烧

可是

兀鹰仍在盘旋

想象中美好的甜蜜

却永远地可望而不可及……
一如宿命的烙印
所以在
希望和绝望的
挣扎中
你还有着美丽的想象
尽管是有着肉麻的
祈祷
但是
上帝毕竟听到
他已经听到你的喃喃祷告……

初秋的露水
已经点湿了香山的枫叶
我还真是无法想象
你在他乡的晴空下
怎样的绝望与疯狂
望着屏幕
我
猜测着网络的南端
有一个屏幕
后面
闪着一双古怪的眼睛
在雨季的
键盘上慢慢敲下
一段秋思
好像维特少年的烦恼
却又荒唐不堪的多愁
最后是荒诞的网络传书
可惜柳毅不再当年……

1999 年 11 月写于深圳福田

秋思

今夜
无月
静默地听着
悠扬而起的民乐
想喝酒
口袋里
只有两个铜板
无法买醉……

没有诗歌煮酒
也就没有唐宋的风骚
更没那美人香车
红枫
古廊
名画
任风在耳边
讥笑

昨夜的小楼与秦关
同照一轮明月
却回响着不同的
厮杀和心事
闺房里看不到烽火

在今夜流露一地秋霜

时空在转换
就在眼前掠过
我无眠于今宵
不为那过去的沧桑
只为了此刻的沉默

沉默
是今夜的
月色
风儿也为你静瑟
轻抚着你朦胧的面纱
就这样对视吧
让我看清你
看清你眼睛里
那轮深澈的秋月……

1998 年 3 月写于东莞樟木头

秋水

秋水一泓，
是你的眼神；
窗棂的深处，
那醉人至醇的玉液，
在憧憬着什么？
为何翻滚着波？
······

1998 年 7 月写于东莞樟木头

水晶爱情

将心的梦幻
放进玻璃樽里
存列成燃烧过的陨石
在流星划破长空的旷野上
敞开
爱情的心花
也曾璀璨
　　轰轰
　　　　烈烈
碎裂后
擦肩而过的回眸
再也
激不起丝毫的涟漪
固守着淡淡的哀愁与伤口
让时间去淡忘一切
如黑色的顽石
　　冰冷
　　　　冥顽
不再让人容易看穿
　　破碎

生活的万花筒里
形形色色

一天
有只蝴蝶飞来读懂了你
呵护地
守候着你不易察觉的美丽
蓝色的月亮
解读着另一颗心
　爱的密码
精灵的眼睛在星空里
偷窥着水晶里的
　另一对
　　眼睛

1999 年 5 月写于东莞樟木头

风儿

你轻抚着我的脸庞
轻拨着我的心弦
纱巾飘动之处
我瞧见了你的婀娜
感受到了你的温柔

多情的眼眸
是爱的底片
掬起
原野上纯洁的百合花
是幸福冲晒的
留影……

1999 年 8 月写于深圳福田

明天我依然爱你

因为有缘
我们走到一起
从初春冰洁的梨花含意
到羞涩的桃花红了旖旎
小雨轻肆亮丽
绿草深蕴大地
用轻轻的无言的亲吻深表爱意

因为有缘
我们走到一起
从盛夏朵朵的浪花飞溅
到鸣蝉丰盈了水乡邑里
长虹描绘色彩主题
斜阳挥洒爱恋凄迷
用淡淡的幽怨离愁尽诉爱的真谛

因为有缘
我们走到一起
深秋的昏黄填满成熟的思绪
丰收的金色染红喜庆的婚礼
　　和那新娘腼腆的羞涩一缕
片片红叶热情洋溢
青山绿水依依蓠蓠

皓月秋风都透着缠绵的气息

因为有缘
我们走到一起
繁华的梦幻世界让人痴迷
现实的生活却有如丝丝冬雨
滚动着失落彷徨几许
时光如梭
生命如歌
在风云漫卷岁月变幻的日子里
明天我依然深深爱你

1995 年 5 月写于汕尾报

雨季情思

雨季

总把春天的梦淋湿

湿漉漉的世界里

总把回忆拉长

捡拾遥远的记忆

纯然的意绪

化成雨的思念

洒向你那轻盈的小花伞

那滴嗒的雨声

是我至诚的祝福

若这一刻　斜风

洒在你脸上的雨点

那是我对你无言的思念

温情的亲吻

1993 年 3 月写于汕尾陆丰

风起的时候

望见你的斜阳

我从溪边走过

有的时候

已经错过时候

消逝的风中

传来风铃呼唤

秋月的天空横吹彩练

我已站在山坡叹息

一步一回头

是满天的忧郁

有的时候

没有时候

从那迷茫的霜气

看流星飞去

漓歌

飘过的夜晚

驼铃

伴随你的新娘哭泣……

1999 年 5 月写于深圳福田

楼兰新娘

我将这样和你去一生
不想那生命的花怎样开放
即使　暴风雪野
我也将这样伴你踏遍天山
骑着你的骆驼倚在你的肩上
听那驼铃在长风中飘响
春夏秋冬
寒来暑往
我们追逐水草赶着牛羊

任风沙吹过戍角的营边
和那干涸龟裂的土地
还有月下嚎叫的野狼
不再想
那狼烟突兀和边角吹寒
我就这样和你去
告饶
深宫寒锁的雪冰心颤
去那青青巴音布鲁克草原
看那天鹅舞蹈美丽晴天
围猎在那比斯和孔雀河畔
让我们细数松叶的针点
坐在葡萄架下我们歌舞蹁跹

围坐瓜棚里细尝哈密瓜的蜜甜
谁说这样的生活不是天堂
风沙不再催人老
一朵爱情的雪莲花在心田轻绽
啊，啊，亚克西，
我就这样和你
走遍
海角天涯……

当暮色溶进草原
炊烟
馕坑油酥飘香
牛皮袋马奶发酵的
是一份浓浓的乡情
古老的牧歌在天际回荡
格塞尔的史诗在冬不拉奏响
往昔在歌声中悠扬流淌
让我的歌声与你同唱
美丽的草原冰山
仰望天上的白云
就是我们的牧羊
牧鞭悠扬
我们共看朝霞璀璨
和那斜阳的昏黄……

捧着心走

让我
牵着她走
你已
捧住她的心
我已经沉默
看她在寻找
你的世界

1999 年 5 月写于深圳福田

爱只有悲凉的守望

如果爱情
只有悲凉的守望
我也这般
捧着这颗无望的玻璃心
宿命等待的悲秋
我也这样追寻
小雪
飘落的季节
你可曾听到我的呼唤
躺在沙丘的边缘
黄沙肆虐
伊丝丽
我虽死无悔
你可曾为我流泪

1999 年 7 月写于深圳福田

致静

静
一个名字
生命中静谧的完美
倚着栏杆
你乳白色的裙衣照片里
多了一层柔光
甜美的笑意
让思绪飞向楼兰
那箫声响处
可是你的城堡？
那大漠落日下的身影
可是你飞天的舞姿？
你总不在意荒凉
你的笑声
在大地胸前书写着永恒

缘着信封上邮票的孔齿
我找到了向你追索的路
笨拙的双手
搬动着文字
托青鸟
向你递出了朝阳
一颗喷薄的心

江南多愁的雨巷
伞下的唐风
吹湿了一暮春日
枫桥上的宋词歌赋伴着
寒山寺的钟声
再次溶进了客船
你名字静谧的
画里

为什么遮掩着你的脸庞
用那束洁白的小花
或许是我多情
总感到你那道异样的目光
……

2000 年 6 月写于香港上水

爱情不需要用承诺

有些人
在一生中用鲜花
为爱情营造
自由
与欢乐的房子
因为爱情不需要用承诺

有些人
却用尽生命与无尽的空间
在苦苦为婚姻挖掘
禁锢
与死亡的坟墓
因为婚姻需要绑索的牢囚
然无数的人却逃不出
婚姻多情的甜蜜和
无尽
苦闷的魔掌……

2000 年 8 月写于香港大埔中心

爱情

爱情
有如蛾
对火的钟情
明知道
这瞬间的燃烧
换取的只是
霎时的光芒
有如青色的
幽灵
……

2000 年 6 月写于香港上水

莲池月色

幽韵波心玉骨香，
银橐玉簪织锦裳；
亭亭白羽越女梦，
西子临溪理红妆。

2001 年 7 月写于杭州西湖

第四辑　看世间百态

焉知楫击风云变，

涅槃岁月蹉跎诗！

十二月一日的十九点二十一分

题引：

> 听说，隔壁的家庭离婚了。感慨现在的社会现实，有时人与人之间的感情还真的比不上一层纸厚，抵不上一口饭来得实在……无聊写下本诗。

十二月一日的十九点二十一分家里
这不是东京的黄昏
也不是格林威治的早晨
更不是列宁在一九一八
这里是北京时间
十二月一日的十九点二十一分

没有寒风吹到
却很冷
到内室多穿一件风衣
内室里的目光更冷
冷得杀人
让脚步逃离
逃离这萧瑟的冬季
逃离这快要窒息的低温
饭桌上的菜香
引诱着鼻
味觉与眼睛犯罪
眼睛色眯眯的
我是不是该去财务处
购买饭卡？
是不是该沿着排队
下去打饭？

今天

该是发工资的日子了

别人的工资该是存进银行的账户里了吧？

失业已久刚从人才中心回来的我

口袋空空

没有一个铜板

来我家长住的岳母在客厅里走来走去

只差戴上一个红袖圈

便和那居委会的张大妈那样

监视着外来的人来人往

还有隔壁蚂蚁搬家了

后巷小猫怀孕了

三十六号的小狗超生了

更可恶的是李四将死猪当成活猪卖

换回来了一个如花的媳妇

后来成了她小孙女的娘

可是今天

我还是拿不出钱来

这不变成了白吃她女儿开企业赚来的饭

我忘记了

这是我的妻子

孩子的妈

更忘记了开公司时的那些钱

是我的……

电视里正在播放着

潮州大戏《李唔直捅蛤》

儿子给我递来一个碗

里面装着

主食一百克

匆忙在碗里

不太算有空间的空间里
夹些脂肪
蛋白质等
举着这个碗
寻寻觅觅
为了在南越（"粤"古称，指广东）这块土地上
找一块可以放得下的地方

吃完饭
客厅里的电视机还在播放着
喧嚣的潮州大锣鼓
内室，我的书房
妻子的闺房
冷静得能够听到一根针
跌落地的声音
有个声音在告诉我：
感情的饭票已经过期
现在宣布作废！
本来，我该伤心
我该痛哭
可是我
却有一种一九四九年的感觉
——终于解放了！

这是十二月一日的十九点二十一分家里
也许是前一刻
或是后一刻
或是在这十二月一日的十九点二十一分之间

2002 年 12 月写于东莞樟木头

犹大的结局·梦醒

在睡梦中醒来
我发现被黑暗包围
曙光还很遥远
心
沉重得像冰河的岩石
冷
硬……
没有风
我却感觉到沙丘在移动
渴了
吃一块像石头
一样的面包
肠胃也只是吸收着
药渣的点滴
吐出了黄且苦的胆水
像经受苦难的儿女
对亲人的哭诉
酒杯里的水酒倒掉了
反感到了空虚
没了那磨难的深沉
视觉的另类
破一个口的杯子
补个丁的霓裳

会被视为成熟的标准
美的享受……
原有的完整成为永恒
不觉被背弃
背叛的灵魂
用三十块银钱向祭司长
购置了窑户的一块田
不被觉察的泪滴
在腮边不经意地燃起了笑容
街角的冷静火热起来了
好色的风
罪恶的夜
又在蠢蠢欲动……

2002 年 10 月写于东莞樟木头

雨中的玫瑰·三部曲

一

路上的脚步匆匆
带着空中的雨滴
到处流窜
无根的风让躯体与灵魂
带着一丝无奈溶入盲流
在火车站前广场的低洼处
汇淌成
一簇又一簇等待机会

失落的心湖
粼粼波光中闪烁着渴望
更多的却被无情的现实
推进了黑暗的沟渠
不想放弃
保留着最后的一点
自尊
苦苦经营着
苍白的向往
追求着
无法看见的理想
为卑微的生命
多少涂点色彩……

二

走过雨中街角
一个亮丽的背影进入视线
撑一把红伞
蓦然回首的惊艳
叩动着不能平息的心弦
那风雨中疲惫的花容
更蜇创着麻木的神经
一时
为这烟雨凄迷
湿了眼角

岁月的风
早已让花儿懂得了世故
那刺儿更带着点野性的味道
你久久的伫立
你久久的渴望
你久久的等待
在等待着爱花的人前来？
前来惜取你的温柔？
……

也许是你累了
也许是你厌倦
也许是你无法再忍耐这无休止的死亡
挣扎
你累了
你实在是累了
你实在是太累了

所以你用高尚的灵魂
去换取你手里的面包
甘愿堕落夺取你的清白

太潮了有点发霉
用浓烈的香水去除一下铜臭
却清除不去
那满身的俗气
浓妆艳抹的高跟鞋
匆匆走向每一个熟悉的应召地点
却不知方向……

三

喝酒
喝它个烂醉如泥
喝酒
麻醉思想
让它不再空虚
这该死的寂寞周身缠绕
这罪恶的空虚却挥之不去

吸毒
飞腾个欲死欲仙
吸毒
兴奋神经
找点心理平衡的感觉
欲望的天平失重了
无有制约的砝码
贪婪
占据着整个思想与灵魂的空间……

赌上一把吧？

抢劫一回便足可衣锦还乡

偶傥风流

一世无忧

罪恶抿着良知上路

血腥的魔鬼

战胜良心的苦苦哀求

却战不胜法律最终的制裁

风雨中的玫瑰

风雨中的美丽

风雨中凄厉的美丽

风雨中无奈的美丽

生命培育的修罗花……

终于找到了它生命最终的归宿……

1999 年 6 月 26 日（国际禁毒日）写于香港旺角

堕落天使

现代都市流行一种病

空虚

精神失控

午夜的花朵

到酒吧里去

看了

"黑市"医生

和着酒吃了些药

眼眸里开出

美丽的罂粟花

扭曲的面容

是川剧里的变脸

绿成万圣节里化装舞会的

面具

不知何时

鼻孔里也长出一朵朵

艳丽的蘑菇

从骷髅里把灵魂

取出

托死神保管

灵魂保险库里

用生命作为酬劳

收取着昂贵的手续费
偏偏有人喜欢从青春的
金卡里透支着生命的色彩

思想与灵魂的斗争
血与泪的较量
死亡和幻觉亲吻
打支针
你能看到天使在飞翔······

1997 年 6 月写于深圳南油

女人·苍蝇

2020 年夏读《南方日报》《实况记录：港人深圳"包二奶"大转型》

一文有感写下：

花儿

招展着

魔鬼

诱惑的身姿

招徕　无数

贪婪的卑鄙的

眼光

可恶的下流的

苍蝇

挡住了视线……

凌晨的摩托车工友

题引：

    在粤东一些经济落后、交通不甚发达的地区，摩托车还是他们主
要的交通工具之一，有许多人用摩托车拉客，一些家庭经济不好的甚
至还用无牌车上路，为了避开交管部门的监管，他们多数在凌晨出车
载客。由于道路的不便利、崎岖，危险潜伏，抢劫时有发生，有些摩
托车工友还死于非命，生命有时在这里显得脆弱、苍白！

一

冬夜的凌晨
寒风刺骨
大伙正进入梦乡
在温暖的
被窝里
有一些人却为了生活
为了生存的一点权利
开着无牌的摩托车
去向生活追讨
油盐酱醋米的一点
味道
去向命运乞求
吃穿喝行住的一餐
温饱

凌晨的摩托车工友
去赴黑夜的宴请
去和大山碰杯
与晚风畅饮
　雨露
　　霜风······

二

点燃
将摩托车点燃
是点燃一个新的希望
一个对生活未来的祈求

那头盔里面
热切的眸子
闪烁着长路的向往
　　与
　　　追求
这仅仅是梦魇里的
一点点白色的奢望

三

厚厚的风衣
裹着
家庭的温暖
儿女睡梦中的笑意
妻子无限的爱昵
脸庞上

唇印中的香味
还残留着娇妻浅浅的
温柔和淡淡的体香

将所有的祝福
所有的爱都缝进
袖口的补丁
抚一把
感受一下体温之外的火热
转身冲向夜幕
去参加广寒宫的舞会
去与秋风竞技
与流莺翩翩起舞

背影远去
风中
一颗泪
在妻的眼角
　滑落
　　⋯⋯

四

凌晨的街角
已经打烊的大排档
炉火张大着嘴正在喘息
伫立的街灯也百无聊赖地
打盹
两眼无奈地
散发着青光
夜归的人客

施舍似的
几张小面额纸币

本都是倚靠在灯柱上的
摩托车工友们
似是狩猎的猎犬
闻到了猎物的腥味
在迷糊中
突然
清醒过来

他们每一个人的心中都是雪亮的
这可是明天的食物
还有生活用品
孩子的书本和玩具
唉，儿子身上穿的那身
以前姐姐穿过的小码花外衣
也该给他换上一身新的儿童
大码的校服了
窗头上那挡风
遮羞的窗帘
破得不能再破了
也是该买多几尺新布的时候
口盅里的牙膏
已挤得不能再挤了
它不可能像安徒生的小说那样
能挤出一个童话世界
或是中国神话故事里的
天外飞仙
反弹琵琶
风里还传送着
挑动着紧促的弦索

宫商角征
其实这是谁的手指
是谁的悲思？
这是摩托车工友心里的
呐喊与悲号

头痛呀头痛
本来早就该买的东西太多
可这些明天还是不能买呀
因为这该死的摩托车
不知为什么
或是火位不正
也许是化油器不干净
得先请人修理把这些故障排除

一阵风过来
让人清醒了许多
问清了前往的方向
拉起客人
向黎明前的最后一幕黑暗
冲去
这是唯一的希望
风中
泪水在眼角起舞
飞溅向酸楚的海

五

抱着夜入怀里
让晚风的指尖在面庞上
向下

滑向私处
骚动的情欲
这就是夜的本质

跳动的眼神
在一对对青年男女
嬉笑的臂弯里揉进
颤抖的亲吻中
摩托车前的话别
上演着一次又一次
熟悉的画面

青楼里的夜莺
也不甘寂寞
催动着机车高速飞转
能在今夜应召多几名客人
红灯绿酒里
多抛出几个高潮
末了，一句
"他妈的！给这么少！"
再次来到摩托车前
讨价还价
去下一个应召旅馆

黑色朦胧的面纱
有时　一撕而破
　　裂开
　　　　成
生活无奈的泪光
光滑的肌体
长满岁月与命运
病毒性的红斑

到最后只能是让它霉烂
让它发酵成
坟前的清酒薄酹
或许它还能
长成几朵不知名的野花
在长风里摇曳

在摩托车开动起来时
来不及去细想什么
在脑海里一晃而过的是
让妻子寒夜里
独守空闺的
歉意

六

雨夜
凌厉的寒风
夹杂着冰冷的雨点
零度的热情
在苍白青色的脸上
肆意地煽情
在前额的发丝上
开成一朵朵白色的小花
合上双眼
绝望地叹息
没客
明天的生活费
没了着落
在雨水中泡汤

终于等到了一个倒霉的客人
这时倒也能品出三分
寒夜客来的诗意
雨滴也有七分酒意了
醉
为这千年佛缘匆匆过客
擦肩而过的喜悦

泥泞的道路上
小水洼飞溅着多彩的虹练
泥水点点斑驳
印染着客人恼怒的臭骂
和那无奈中的
一丝怒色

诅咒
宿命的悲冽
现实的酷恶
眼前看到的只是车灯
一丁点的光
乏力地眯张着
烧一根烟
耳边听到的是
风的嘲笑
机车的悲鸣

七

雨后阳光
小草舒展着新绿
火红火红的朝霞烘烫着

归车的背脊
飞鸟
在云海中驶过
海岸线的螺号正在吹响
黑色的短笛
呜咽着
抖落门前的那一树相思
乡间小路的那头
妻正翘首等待
一宿未归的依靠
路的尽头
看到了郎的
身影

家
是坚实的堡垒
家
是安然的避风港
家的温暖　宁静与祥和
是多少游子神往的乐园
多少他乡魂系
梦绕的桃花源
可以躺下来睡一觉了
不需宽敞华丽
一个安身的床板
一个妻子带泪歉意的吻
这胜过龙宫豪庭
收工的摩托车工友
在被窝里美美地做着梦
稚气地
如脸庞笑着
落花缤纷般的一席

纯真　质朴与憨厚

破漏的屋顶
在梦里
泄下一地金色
一个个金币
在穿孔的瓦顶盖上落下
西斜的夕阳
把简陋的生活用具
一下
变成天堂里的器皿

摩托车工友睡梦里
忘却了痛苦的悸动
命运挣扎的律动
笑意更浓了

八

星空下的大树
感冒了
叶子片片咳嗽
渔火下的船只月经失调
烦燥了
无奈潮起潮落
摩托车有了点气喘
浪花也不示弱
酒杯依旧
冷淡如月
霞红的双绯如潮
高烧的体温还只能让悲哀

在眼皮下——逃亡
酒吧里出来的酒鬼
一口脏话
气不顺时还纠抓着手腕或衣袖
一阵推拉辱骂
目的地到了
不给钱
是对你的嘉奖
吐你一身污秽倒在地上
是给你的最高荣耀
末了，还骂你
"不识做！"

碰上"走鬼"
交管部门严打严抓时
喝醉的不只是酒吧里出来的
机车也会喝高
耗子似地东躲西窜
左晃右闪
在人群僻静的角落里流浪

逮到了
一张苦瓜脸
不用装
已经很像

九

风好大
夜好冷
冲向前方

冲向前方
随着前方的僻静
道路越来越崎岖不平
心开始有了不安的感觉
树影后
魔鬼正在张牙舞爪地
迎面扑来
撒旦狰狞的笑声
在耳边风呼而过
死亡的灰色
似乎把生命拿捏在手心里

想起家
温馨的暖流汹涌
朝夜空中捧一把
掬在怀里
这不是璀璨星光闪烁
是泪光晶莹
如果流星真能给人带来好运
情愿停车守候
看流星飞逝
带上心的祝愿
划落在妻儿的枕边
为你呵护

也有人说：流星代表死亡
生命在它飞逝的尾巴中
能看到苍白的脆弱
在带来刹那美丽的同时
燃尽了最后的一刻
残喘
大山里的空洞中

劫匪拿起雪亮的刀

无情地刺进了

摩托车工友宽厚的胸膛

搜空了钱财

抢走了车辆

眼睁睁看着劫匪扬长而去的身影

怀抱着对妻子的梦

怀抱着对儿女的悬念

倒在血泊里

无声地喘息

渐冷的躯体

像一片飘零的落叶

等待着的只是

　露水的

　　吊唁⋯⋯

1996 年冬至写于汕尾海丰

夏萍

——送与文题同名漂泊的打工女孩

身为萍梗

纤弱的躯体

不想争艳斗丽

无意为大地增添

一点新绿

却招来无数墨客骚人的

慨叹与感伤

没有莲的想象

只希望有一份沉重的真实

无奈雷雨一次次无情打碎

再多的努力

没有根的依靠

注定了一生的飘零

星空下的梦想

　随流水

　　消逝……

1995 年 7 月写于深圳龙岗

理发

愁思长了
幽怨在眼前飘舞

将满头的烦恼
作一次清理
在疏疏落落间
俗世青丝
在香水的风里进行了
一次修整
思想的剪沉默了
犀利的目光
在胸迸出
射杀向镜里的人
横瞪着一对前世的冤家
满眼红筋
宿仇的表情
无任何提示
让侵略者的飞机
在自己的领空上嗡嗡地
挑衅
纷纷扬扬的
连发黑色炸药和子弹
炸落在地面

另一个面谱诞生了……

1997 年 11 月写于汕尾海丰

新潮人生

酒杯里干了
满满的醉话
说着数字电码
也许这是他们的时尚
自己懂得的内涵

风吹了许久
文字
在龟背上刻写
一种符号
一种象形的划痕
在脑壳里成就
山旮旯里的菜花
当然
人家也许都不懂
这包含着一种另类的人生
时间与长路较劲
长路与村庄竞时
刹间时刻
也许
成为人生的一种
追赶不上的前卫
······

2002 年 4 月写于深圳福田

减字木兰花·真谛

——贺友人新婚

丝丝情意，
烙满心头爱印记。
青鸟轻啼，
月下花前情偎依。

绵绵痴绪，
不尽情丝千万缕。
昨夜晓雨，
滋润了春梦绮妮。

1997 年 5 月写于汕尾日报

途

人生漫漫路几许，
古道秋月多至遇；
焉知楫击风云变，
涅槃岁月蹉跎诗！

2000 年 8 月写于香港上水

第五辑　致青春、亲友

青春的激情在笔下

流淌

友情的花在邮路上

绽放

生命

——写在父亲生日

感谢上苍的恩赐
你的精髓
孕育了我
你的躯体
铸造了我的灵魂
我用血脉
延续了你的生命

感谢上苍的恩赐
你是高山
我是种子
你的伟岸
托起了我的今生
我的葱茏
延续了你的生命

世事无常
人世炎凉
这生死的情缘啊
却怎么样也无法割舍

世事无常
人世炎凉
这生死的情缘啊
来世你依然是我的轩辕

附录儿子写给我的诗一首：

爸爸
——2016 年写于父亲节

作者：林文舒（10 岁）

爸爸
是您把我带来这个世界
是您把我从小挂牵
是您教会我走路
是您把我抚养长大

爸爸
您就是那雄伟的大山
馈赠我丰厚的物产
休养　生息
您就是那山顶上的大树
您宽厚的怀抱
为我遮风挡雨
安全　温暖

爸爸
是您教会我生活与知识
是您让我学会了坚强
没有您就没有我
我是您的血脉
我是您生命的延伸……

生日·陨落

——写于儿子周岁

母亲的苦难日
因你的降临
被定为喜庆的日子

你的第一声啼哭
捏碎了父亲的酒杯
熄灭了父亲心中
理想的火
宣告了一代人的陨落

2009 年 5 月 11 日写于佛山南海

吊祭

——写在祖母坟前

风呜呜地哭了许久
在冬天这个白色的骨灰坛里
后来累了
站在山岗上
看一支支戴孝的旗幡
像张开白色的帆
船
泊在了
吊唁的河里
将五月的粽
撒向水中
是墓室里撒下的鲜花与黄土

唢呐
吹瘦了一波秋水
锣鼓声声
悲天恸地
是亲人心中对先祖的怀念
在嗓门喊出……
空中的纸钱
翻滚着

满堂儿孙的追忆与思念
弯曲了前来拜祭的队伍
在崎岖的山路上
徘徊着
来路
向心路延伸……

小雨中
坟前你照片中
慈祥的笑容如昔
那深切眼眸
目光落处
是祭台上白色的小花
在山风中轻颤
雨水在你眼角滑落
晶莹的泪滴
是天际飞逝的流星
一种亮丽的归隐
不知那些名士隐居清修时
是否也有你的从容？
……
明烛香炉
燃起的
是你清静无染的本心
轻烟飘起着是一种新生
一种轮回……
也许在
幻灭中
正是一种永恒……

暮鸟飞宿南山
那多事的乌鸦叫醒了

戴孝的墓地

多年后的碑铭见证着沧桑

文字背后的历史

在棺木未腐时已在人们心中

镌刻

荒冢边的枯木

完成生命最后的挣扎

最后的一声呐喊

在生命终结前还双手擎天

伸出了对生活向往和期盼的渴望

对往昔的嗟叹追忆

却又无奈于现实的残酷和悲凉……

夕阳下的昏黄

背影更显凄怆……

2002 年 2 月写于汕尾陆丰

祝你一路顺风

——送友人清华攻读

认识你
在一次偶然
古都新绽的一片橄榄绿
是你写给我的请柬
站在海边的我
浪花完成一次次心的相向
灯蕊下理解的情感
青春的激情在笔下
流淌
友情的花在邮路上
绽放
　喜悦　失落
　　　伤感　得意
　　　　　成功　失败
所有的烦恼与苦闷
快乐与甜蜜
在思绪里交流
理解与平息

秋的香山
残阳红了满山枫林

鬼见愁的山风悲冽

你无望的眼神

是大漠无垠的风沙

汉月与秦关

可理想的飞天已飘进月亮

清华园里的荷花是你想象的天堂

你转过身

壮志满怀激烈

轻轻地说要走了

抖一抖满襟晚照

走向地平线

向生命的亮丽冲刺……

你走了

一路风尘

带着南疆的春花

香了北国冰封雪域

带着阳关的香醇的斜阳

醉了江南海风和

一宿星辰……

是雄鹰向往更高理想

振翅搏击

是流水信念不息

日夜向东流……

2000 年 9 月于广州

星愿

耳边的音乐声

缓缓流淌

在遥远的蓝色多瑙河上

漾波生命绿的琴弦

仿如天籁的空灵

点一支烟

看那缥缈缕缕云雾

在眼前缭绕

飞舞

这是莫高飞天的身影？

还是岁月留给现实的舞姿？

那轻烟背后的眸瞭

可是你多情的笑嫣？

在皓月当空的夜晚

看流星飞逝

对深邃的苍穹默默

真情祈祷

生命的轻舟能穿越辽阔的星河

捧着破碎的玻璃心

期待着晶莹的纯真

能有一抹星的光环

不相信命运

可宿命的风景
又是那般现实与不堪……

挂
一串风铃
在临街的窗口
多情的清风总是敲响
它空虚而又不平静的玻璃心
荡出颗颗音符
泪的通透
掬一把
捧在心口
这是生命给予的赏赐？……
噢，不！
这是沙漠的狂野！
这是戈壁残垣的喘息！
这是空野老树的呻吟与叹息！
为向往与追求呼唤吧
弹一曲悠扬的冬不拉
在天山下将牧曲吹响
为不息的信念
讴歌……

2000 年 12 月于深圳南油

别离

不想给你伤害

偏偏已对你造成伤害

在你的心墙

还未

垒起的时候

在我站立成一根根

守候的木桩那刻

风

不掠走一丝

留恋……

2002 年 9 月写于东莞樟木头

往事

太阳走过了
留下星光

日子走过了
留下记忆

记忆里的你
依稀清晰
背影依然美丽……

1995 年 6 月写于汕尾报

童年·梦

童年的河
在昔日古老的村庄
野花的梦里
缓缓流过……
诗絮里
水位
涨高了
捉不到
鱼
嬉闹成泥娃
艳阳下的玉米
毛绒绒的胡子下
笑露出了贝齿
风
吹老了一树黄叶
老槐树上的那顶草帽
诞下了一窝小鸟
给掏鸟蛋的小孩
摇落了一地秋色

袅袅炊烟
扯着金色太阳做的风筝
从东边跑到西边

牛背上的短笛
吹落了暮色一帘
一对蝶儿在眼前飞过
小虫不时发出声响
唱着他们自己的歌
童话在星空下烁闪
瓜棚下的蛙鸣
叫醒了一潭清贫
情人的臂弯里
塘底怀着一个月亮
入梦的小摇车
摇着故乡风中的水车
吱吱一响

月落了
星儿走了
葡萄成熟了
一下子
童年的梦醒了
……

1998 年 10 月写于深圳南山

青春无悔

你的高傲
总是把头颅
昂起
在高耸的
枝头独自绽放
尽情地抒写着理想与抱负

古远的钟声
经不住岁月的
蹉跎
风沙的掩没
　声声悲凉

秦腔汉调
也禁不起
日月的穿梭
光阴的流逝
　阵阵颤抖
　　夜夜哀怨

你含苞的热情
怎经得起霜风秋雨的
侵袭……

朋友
就算眼前的年轮
一圈圈增加
黑发银丝
一天天老去
青春的容颜渐渐斑驳颓废
只要
我们曾经拥有
心中无怨无悔
那留给地平线的
永远是
　背影……

1994 年 9 月 2 日写于汕尾陆丰

轻轻的一声您好

——写在电信业高速发展的今天

春天
当和煦的晨风吹绿南国大江
当山花红遍滨海之巅
当少女多彩的轻妆燃亮了
熙攘的人群
轻轻的一声您好
为您带来北国友人衷诚的问候
　　和那雪融的消息

夏天
当急促的雨点
敲响你长发飘洒的西窗
当严酷的烈日红了满载归航
当沙滩年青的欢快的笑声荡起
雪白的浪花朵朵
轻轻的一声您好
为您捎上故乡亲人虔诚的祝福
　　和那荷花淡淡的挂牵

秋天
当孤单的候鸟轻轻掠进夜幕

当淡淡秋月愁弯了枝头
当泣血残阳拉长了思念
缠绵的缕缕相思
轻轻的一声您好
为您捧上翘首等待的恋人的深深爱意
　和那落叶的片片情怀

冬天
当寒风厚了霓裳
当腊梅飘香皑皑白雪
当孩子的笑容中绽出大红灯笼
招展着新年的气息
轻轻的一声您好
为您送去对爱人望穿秋水的挂念
　和那对家的温馨的
　　浓浓眷恋
为您献上久待归期儿女的稚意的期盼
　和那梨花的
　　簇簇生机……

　　　　　　　　　1995 年 6 月写于汕尾报

照 片

把时光装进

这瞬间的闪烁

随同悠扬的心曲

放进

照片里的

狂思与想象

你的娇美

青春如花儿

在这时刻定格

成为一幅

亘古不变的美丽

多年后的一个秋日

一枚落叶

斑驳

满是黄斑的

底片

把理想

判给昨天的日记

憧憬中

腮边滑落的泪水

随乡间的小溪

汩汩流去

手扶拐杖的你

轻轻打开那本泛黄的相册

光阴回转

日月不变

青春的风采依然

只是苍白的容颜

略为失色

相册里纯然有笑容

璀璨……

年轻的灼热心

还在

跳动……

1998 年 4 月写于深圳华强北

再见！珍重！
——鹏城饯别友人

你一路风尘
脚步匆匆
追赶着西天的夕阳
刹那的美丽

临行
轻轻地对你说声
朋友
再见！珍重！

在走后的
日子里
岁月中

当黄沙肆虐
长风飘起你的发丝
那是我对你的祝愿

当秋月高挂
露水沾湿你的双肩
那是我对你的思念

当小雪轻扬
漫天花儿轻叩你的窗棂
那是我对你无言的挂牵……

在你走后的某个冬日
茉莉花开得正艳
摇曳轻唱着春的绿黯
我们会想起曾经的
欢乐　烦恼
喜悦与失望
穿越同样的季候风
沐同样的阳光雨露
风里夜里
谁为你点燃烛火？
谁为你轻添寒衣？

曾说过不再见的
也还会再见
还是那道山
那弯水
那最初最初的一抹斜阳
还有那微微仰仰头才能面对的笑容

朋友
天涯海角
一路好走
衷心地说声
再见！珍重！

1996 年初夏写于深圳

送你归程

来到这里
我们一无所有
让我送你的归程
没有一丝叹息
走后的天空
是暗黑的蓝色
星星在我的眼睛
点亮灯光
你轻飘的身影如飞
记着
我们还要相见

1999 年 6 月写于汕尾报

明天会更好

——赠香港诗人协会副秘书长、天一阁主编海若

相信雨水对大地的眷顾，
这是大地对雨水的情怀。

相信繁花对绿叶的依恋，
这是绿叶对花儿的护爱。

相信黎明对黑夜的深情，
这是夜色对光明的守托。

相信长路对远方的向往，
这是地平线对村庄无限的空间……

将身心融入绿叶，
你的周边会是绿草依依，
花儿遍野；
将时光融入清风，
你的空间会是月儿皎洁，
银光烁闪；
将岁月融入阳光，
你的生命会是无限通畅，
笑声可掬；

别为了一时的不如意神伤，
别为了这刻的不顺心悲泣，
别为了那秋月的圆缺愁煞，
别为了眼前的踌躇白了少年头，
为自己的多情与向往自由高歌一曲吧！
我们的前路多姿多彩。

亲爱的朋友，
宿命只相信努力。
有付出就有收获，
幸福就在你手中握，
莫害怕，
莫气馁，
光明本来就属于你的，
相信明天会更好！

　　　　　　1997 年 9 月于香港大埔中心

十八岁的烛光

——雅儿生日晚会即兴

沉重的书包里
几片心语
是秋的落叶泛起
湖面荡漾的丝丝涟漪
多情柳花的飞絮
是一个十八岁少女思绪
岁月风云变幻记忆里
是宿命斑斓轨迹
滚动着失落彷徨几许
用淡淡的幽怨离愁
尽诉爱的真谛

烛光点燃
虔诚地在窗口
挂上一串风铃
在一个世纪
又一个世纪的风中
长风飘响
上古黑色的铁马
在半夜迷朦的梦里
叮叮……

叮叮……
叮叮……

顺着生日烛光
穿越时光的隧道……
在秦关外的漠边
驼铃声声悲凉
汉月下的兀鹰
在长空里盘旋
一个时代的儿女
举起月光
这一支上古的神兵
宝剑寒光凛冽
从剑缘而上
挥剑于广寒
在日光里刻下青春
不变的诗行……

1999 年 8 月写于深圳南油

他乡的河

华灯初上
漫步于这条他乡的河
月光皓洁
霓虹点烁着这颗
失落的
心
在满天星空

昨日河埠
舟
正停泊晚霞
璀璨的不只是
这火红夕阳
桃花晖映红腮
笑靥荡漾着一河清波

河一样
流着
擦肩而过的人流
陌生
泪水
北风
心被割破
在指尖滴血

匆匆的脚步
踏碎
梦想天堂的宁静
找一处放松一下吧
让思想释放
另类的空间中
酒吧里
爵士乐喧嚣
仙女和魔鬼共舞
天使与撒旦亲吻
激光灯
抱拥着光柱疯狂地
挣扎地
摆摇着头
堕落吧

就让他堕落吧
心　随失落的
酒杯
掷碎在冰冷的地板上
跌醉在创意的打斗中……

醉醒后的夜空
我发现再次踏步
徘徊在这
他乡的河上
一道桥如虹
催促着归家的脚步
乡梓的渔歌
在耳边轻轻唱
如娘的呼唤
在呢喃
泪光中
一道依稀的帆影
划过心河……

2001 年 8 月写于香港大埔

搁浅·我的 2017

——致我们逝去的青春

执笔青涟
穿岁月冬墙
不见当年那抹斜阳
染指流年
看
星移斗转
曾风华邃茂张扬
披一世风霜流连
记忆痕量
又是谁青涩的书笺？
……

来去遁隐
拓历史声音
泼墨墙角残缺落印
匆匆身影
拼
跌宕风云
踏苍茫执念泪盈
映飞舞断章脚韵
斑白发鬓

又是谁婉约的沉吟？
……

锦瑟奢华
展一世浮夸
沧桑言语
化纷扬尘离
年轮镶嵌不及
误了春光
洒痴梦一席

黄花已枫红
冰雪话萤虫
错过的就已经错过
徒葬一语凄凉
落妆红颜
尽洗朱铅
带一方空筌
让光阴葆鲜
却被皱纹搁浅
……

附原始文稿：

搁浅

——致青春

逝去者，
青春。
老去者，
流年！

青春不再，
岁月流年。

让光阴葆鲜，
却被皱纹搁浅。
⋯⋯

2020 年 4 月 24 日写于佛山顺德

巍巍中华

黄河源
在这里一路蜿蜒
蜿蜒……
上下五千年
您见证历史沧桑
风雨历程中
您血泪悲凉
您繁衍龙乡
儿女
也一路与您共呼吸
同昌荣
共患难

滚滚浪涛
红尘浊世
是您血脉涌动
是您悲冽秋风
情感的驿动
龟裂土地
是风霜
骸刻在面容上
搁浅的纹路
我振臂于高山

雄鹰在长空盘旋

漠边

驼铃在丝绸之路声声唱

珠峰脊梁

是您性格

南疆雨巷

是您母性的温慈

在那暴风雨的夜里

狼烟遍野

战马嘶鸣

野蛮　贫瘠　愚昧

充斥九州

华夏遭践踏蹂躏

您肢体碎裂

泪　血　恨

几时清涤?

碧海明月夜夜心

谁明白?

您勇敢智慧勤劳的儿女齐奋起

赶豺狼

平烽火

建家园

把片片伤痕一一治愈

一一复元

巍巍中华

历尽劫难

复兴之势

锐不可挡

如今

您已是河山壮丽

地披彩裳
无与伦比
屹立东方
傲视环宇
举世无双

我爱中华
爱她美丽
爱她伟大
九百六十万平方公里
幅员广大
处处锦装
彩川画峦
地杰人贤
创举篇篇

她每寸土地都长满艳丽的百花
似朝霞飞扬

她每座山川都似翠玉峰峦

与日月共辉共连

她每条河流涟漪似彩练

与云荡漾

她有宽阔美丽的碧湾

令月窈恋

现代城市座座辉煌

现代道路条条相连

现代生活节节蔗甜

······

伟大中华

令我神往

令我心恋

······

2000 年 1 月 1 日应香港《青年人（双周刊）》
编辑海若约稿写下

搏

佩剑弯弓射长虹，
七弦绿绮抚江风；
笙箫最恨狼烟起，
搏虎骑鲸战马征。

2000 年 9 月写于香港大埔中心

中秋月·望乡

昨夜西窗又小雨，
离情泪，
欲断魂；
芭蕉东院问秋风，
淅沥沥，
锦书谁寄？

望月人间皆合欢，
南飞雁，
只影单，
瘦马西风天涯路；
路漫漫，
恩情难断……

2001 年 10 月写于香港元朗

念亲恩

游子夜寒家远亲，
稚鸟亦知慈母恩；
秋月马瘦遥途难，
春云载水膝下尽。

2001 年 10 月写于香港元朗

问秋·寄旧人

君追彩云任逍遥，
异乡弄潮咤浪涛；
紧帆正弦试风雨，
剑起秋风舞弄箫。

故梓遥望路迢迢，
望夫石上寂寥寥；
白云苍狗一朝变，
只遗柳絮随风飘。

2001 年 7 月写于香港大埔

叹

—— 自问

人生苦短浸潇歌，
前番此时竟为何？
转眼黄花飘落叶，
风流坎坷皆蹉跎。

1998 年 7 月写于香港大埔

散文篇

以文为镜，窥见生活的美

第一辑　生活畅想曲

你好！岁月匆匆

我期待着你

姗姗来迟的足音

轻叩我的

心扉

晴雨

　　窗外，雨依然下着。潮湿的心，有些默然的挂牵；那淡淡的愁绪，随着雨丝的点滴轻扬曼舞……漫步在鹏城的街角，任由雨点轻肆，抚一把这湿乎乎的情感，都分不清是雨水还是泪水。

　　南国的海风，带来一阵阵的咸味，和着冷冷滚滚的彷徨；被世俗拉长了的背影，更显得只影孤单……风浪中的风帆，挣扎在险礁恶浪中，一次次期待着阳光的妩媚，云彩的璀璨；和那可以停靠的一叶心灵的港湾……

　　狭小的思想中，是沉郁？是闷热？还是死亡的灰色……那堕落的灵魂，布满金钱铜臭的幽灵，在黑暗的灰色中弥漫；生活的雨点，如萍梗般无奈地游荡；生命的真谛，又有如石头与鸡蛋那般现实，如烤焦了的白纸那样脆弱。不敢奢望月色皓洁，不敢期待星儿相伴；只期盼着孤灯一盏在黑夜里为我烁闪……

　　铺开淡幽的信笺，为你尽诉衷情；那暗香浮动仿佛是你处子的幽香，不觉，让我疑是你的探访。这阵阵的思潮有如泉涌，在我的笔尖流淌。问一声多情的秋风，你是否也明白我真情的赤诚？那天边高高挂悬的彩虹，可是你深情的回眸？……

1999 年 6 月写于深圳华强北

情人节的畅想

灰色的夜空下，踏着无眠的星点走过朦胧的街角，耳边还传送来一阵阵感伤的乐曲："……没有情人的情人节……快乐情人节……"孟庭苇的歌声在脑海里低旋飞转。是的，心里想着，我又度过了一个没有情人的情人节，在人间皆乐的节日里我又是在他乡的采访中度过，不觉有些伤感。带着一丝的无奈与遗憾踏进了家门，回到独居的那狭小一隅，这或许也就是一块自己的空间。打开电脑想把今天的无机过程变成有机的文字，疲惫的眼前却跳出远方爱人的来信，这有如和煦的春风点燃大江南北的勃勃生机；虽然你的来信只有短短的一段轻描淡写，可它却在我心底最深处将那根弦偷偷拨弄，在思维中炸开，如山洪暴发一发不可收拾。你简单的那声"你好"不觉让我回想起你给我第一封信中写到："你好！岁月匆匆／我期待着你／姗姗来迟的足音／轻叩我的／心扉……"那更是如沐春风。

夜深了，一阵斜风过后下起小雨，淅淅沥沥地低敲着窗叶。站在临街的露台上，眺望着大都市的街景，霓虹灯跳跃着，闪烁着生活无奈的泪光；酒吧里传出的喧嚣阵阵刺耳，可这时又有谁会想到生活的真谛是安详与宁静，他们在饱暖的狂欢后哪会想到街边饥寒的夜行者……

想着不觉掉下泪来……

打开写字台的柔光灯，摊开尘封发黄的文稿纸，斟一壶香茗，撒上一层淡淡的迷人的香水，为生命真诚祈祷，真情永恒。这无言的举止仿佛是唐三藏在菩提树下的莲池中净衣沐浴，在树下聆听上帝的箴言，感悟其哲的真善美；似乎在印证着古罗马斗角场上的鲜血，这或是苦行僧的禅悟：用死的悲歌换取生的永恒！

端坐在台前的影子被时光雕塑成成熟的石像，虔诚地膜拜在但丁面前，期待着有一丝灵感的闯入，把满怀的希冀燃烧成薄薄的蝉纱，使我顿然为之升华，为之璀璨，能和安娜·卡列尼娜交谈，与海涅媲美。

透过这淡幽的茗香，思维的最深处，那一根绷紧的弦，是谁在将它偷偷拨弄？又是谁在心湖里投下石块，激起阵阵涟漪？没有吸烟的思绪，想象着从烟灰盅里的缕缕云雾，这是耶和华在后羿射下九日之后送给太阳神的坐骑？那轻烟背后的微笑，可是上帝的使节在聆听你的告解？哦，不！那是你凝神的眼眸，新绽的笑靥……

面对着眼前的文稿纸，不觉感慨万千；思绪被一页页后翻，回到刚到报社工作的日子，采访、写稿、改稿、编稿；也飞回到那青春无悔的学生时代，男生宿舍里的奇闻怪事；当然还有那些和男同学经常共同探讨的，女人的婀娜、柔美和那男人的好色！时光流逝，转眼，总是让人回首遐想，特别是那溢彩流光的学生时代；思绪里，总是追忆过去的难忘，匆匆的青春脚步，无情拽走金色的时光，颠簸出苦恼的思绪、欢乐的笑声。

一阵风吹来，青春的风雨，迷人的往事朦胧地隐去，留下了段段依稀的愁绪和那淡淡的惆怅。不变的是你那甜甜的呼唤和那穿越时空的诗稿……

1998 年 7 月于深圳南油

随想曲·情殇

南国的初冬，天空下着小雨。

纷纷扬扬，湿漉漉的世界里，天好冷、心好沉；翡冷翠的夜里，思绪更乱，有一种莫名的迷惑、慌乱与恐惧，为的只是一种莫名的感觉。人，在这种环境里，特殊地会做出一些意想不到的事情；思想的最深处有根可怕的纤维在颤动，可怕地想逃离这可恶的冬夜无眠，这可恶的天气烦人！着了魔似的，情感的河竟被伤感感染，冲破了层层围堵的防堤，一泻千里，泛浪于三峡的情意……

心，跟着感觉起飞；走出了那阴霾的世界，远离霪雨霏霏的天际。

梦想般的天空白云朵朵，如洪波滚滚，汹涌而来的是爱意的洋溢，漾荡着那深深的思念与挂牵，但它却又似棉花糖那么可怕，甜蜜过后是质的变化，仿佛一不小心跌下去的将是万丈深渊……思想的阴霾无法改变情感的想象，想象中的伊甸园是象牙塔里的清纯、洁白、美丽与高贵，为着那份纯真的爱意，心向着太阳飞去，去与天鹅共舞晴天；肆无忌惮地放飞心中的思绪，让它自由地翱翔……饱览了六江南北山河秀色，也看到了美极绝伦的斜阳西唱，那满天的云彩红霞不正是我醉了的心么？它也似乎被我火热的心烤红，火滚火滚的；那被天际地平线挡住的红日正喷发着火山似的热情。

"夕阳无限好，只是近黄昏。"很快眼下无尽的美意被云雾笼罩，心也跟着下坠，进入另一个世界，冰冷黑暗的世界，心不再下雨，但风很大，极目觅寻，很努力地高高扎起理想的风帆，坚信着能把美妙的港湾眺望……风很大，帆影太吃力，终于找到一处暂可停靠的避风港。然而，夜了，风霜来了，我这破裸的帆却已是经受不起；心，开始失落；强忍着，期待着黎明的来临，能让心着地；看是否能收拾好，重新树立自我，可是凌晨的街角，只影孤单。在寒流中伫立，任由车流在身边喧哗叫嚣，只有那片片落叶陪伴着长长的身影将来路觅寻……

　　强迫着，受伤的起飞；心却留在了那让它满布伤痕烙印的地方，等着它躯体的又是那无尽的空虚……只有那穿越时空永不磨灭的诗词仿佛无尽地在耳边诵读：

　　　你在桥上看风景，
　　　看风景的人在楼上看你，
　　　明月装饰了你的窗子，
　　　你却装饰了别人的梦。

秋天情结

南山起舞，绿水悠扬。

……

初秋的江南，天空一远再远，斜阳写满桂树的思念；突然，接住一片落叶，这是秋的请柬？还是心的相向？……

窗外，茉莉花摇曳。几度风雨，几度春秋？多少岁月梦境中惊醒，无奈许多凄恻……灯火阑珊处，蓦然回首，光阴似箭。生命在岁月的不觉中增加着年轮的印痕，茂密的黑发被银丝一根根染成霜色，容颜逐渐荡去春华的绿影婆娑，在秋黄飘曳的路上领略铺满金黄的凄色……

站在海边，晚风吹拂着发丝，轻柔地荡涤着海浪的温存，抚摸着……对文学的领悟如大江水东去，汹涌澎湃在不屈的心胸，却又像浮云飘向淡漠！在人生的驿站上蓦然回首，才发现曾被人们赞誉为辉煌的征程，也是血泪斑斓，镌刻了一个又一个悲怆的碑铭。曾骄傲地顶戴着馈赠的花环，也不知何时长满了棘刺，深深地刺入肉体和灵魂，无时不在蜇创着我的思绪和神经。青春岁月里的许多诗文，被铭刻在人生之旅的碑石上，成了一个又一个灵魂枯萎的墓志。不知何时，泪水却成了摆放在坟前悼喑的清酒薄斟……为人生短暂淡酌轻言叹醉……不知何时的我还是初时"少年不识愁滋味，为赋新词强说愁"的我？不觉泪下！

借着街灯昏黄的光线，慢慢走过，这时我才发觉：我又走回到多年前的一个秋天，你我分手的地方。枫林的沙滩上陷下了一个又一个脚印，一路走来，它们都在"哈哈"仰天大笑。似乎在笑我的痴，也似乎在笑我的无助，笑我的成功、失败。这些，在这时对我已经不再重要了，重要的是我这份难得平静的心情。我清楚地记得，在你即将前往机场飞往那个你向往已久的国度时，你说：你要我记住你，记住你陪我走过的这一段路，这一分这一秒。你还说：这最后的一分钟是我陪你度过的，你将也要永远记住这一分钟，这段路，它是属于我的。现在，这些都已属于昨天，都已遥远了……但它却已是我生命的一部分，也使我有了秋天情结。

我爱秋天，我爱它的包容，我爱它的暮色，我爱它的红叶，我更爱它——那份久久不去的思念……

大学时，记得也是一个秋天，清华园里的荷花早已谢了。你说：香山的红叶红了，我们一起去爬山。那天中午的风沙很大，校园里显出不同往日的安静，很少人在外面活动，只有西校门的汽车专用道依然车来车往。我说：我们打个"面的"过去吧？！平时大方的你却不知是为什么小气起来，说：我们踩单车过去吧？天哪！……远远地便能听到我发自心底的惨叫：老天呀，你放过我吧！

在你的坚持下，我们还是回到十三公寓取了自行车。在后来的日子里你告诉了我那次为什么要骑自行车去，是你当时从来没骑过马，你听说在香山的鬼见愁上能租马下山，所以想节省车费去骑马。

这天，到香山玩的游客不多，在山路上我们零零星星地撞上几个下山的客人。从山上往下看，香山红枫的绿叶也由黄渐变红色，秀丽的香山宛如一个醉酒的姑娘，红得美丽可爱。秋天，比夏天更富有绚丽的景色，更富有诗意。站在鬼见愁上，山风凛冽，那感觉一望无际，大地在我脚步下的气势油然而生；在心底的深处有一个声音在说：这就是征服！

从鬼见愁骑马下山，这也是我第一次骑马，我们顺着崎岖不平的山路蜿蜒而下，当然也少不了惊呼和大惊小怪的叫喊了。倒是这时的你却显得平静，不时用不知从哪里"道听途说"学来的骑马术指导着我该怎么坐和蹬等。在前面走着的你不知是为这眼前的景色着迷了，还是因为平时男子汉气概十足的我竟被吓得大气不敢乱喘的样子，你竟然开心地唱起了山歌……你不时的回眸，让我迷乱，不觉让我忘了我在马背上。这时的你特别美，宛若天女下凡，一身白色，衣襟飘飘，清纯得像玻璃杯里的冰块一样透明，和荷塘里的荷花一样超凡脱俗。我想就是从这一刻开始，我便深深地爱上了你。

下山的路已走了近半，刚刚好转过一个险峻的山弯，我骑着的马不走了，它望着崖下发出一声悲鸣，久久不肯离去……在前头引路的向导歉疚地对我们说：对不起，没吓着你们了吧？这马儿"恋伴"，去年的这个时候，这马儿的伴不知是为了什么一时失足坠落这崖下死了，好在那次马上没有客人。

　　紧接着又说：每次一走过这里，这马都会这样，可能是对伴儿的罹难表示哀悼，或是思念之情什么的吧？！现在我们都不走这里了，这次是因为没什么客人，想早点回家才选择了这条路。对此向导一再跟我们说对不起。就这样我们在马儿一步一回头中下山了。

　　回来的一路上，我们都在心里默默地祝愿和祈祷，祝愿马儿能忘掉过去，面对新的开始。祈祷我们能在往后的岁月中风雨同路，相依相伴。

　　青春的舞步被一次次地演绎再演绎，真情的歌唱却又如此动听，百听不厌！可努力总是徒劳，永远得不到回报！秋天是绚丽的，秋天也是失落的，我们也是在一个秋天的夜色中分手⋯⋯

　　今晚我又喝醉了，到了半夜，我还复清醒，酒精在抵消睡意的过程中散温；想了一天，我精疲力竭，回忆在抗拒思念的纠缠里沸腾⋯⋯颓废如同安睡的孩子散开手中的玩具，滚落了梦魇，纯真来访，犹如当年雪白的衬衫。依稀，你的模样⋯⋯不觉让我记起这样的一段话：太阳一天一天不回去，而你在太阳下一天一天渺小，你在汗水中绝望，在绝望中超脱，超然地看着世界，超然地看着自己，化外的宁静，一份实实在在的虚无⋯⋯

　　秋天，这就是我的情结。

　　　　　　　　　　　　　　　　　　　1999 年 9 月写于深圳蛇口枫林

情牵翡翠谷

　　远远地在旅游巴士上我又看到了翡翠谷的牌坊，记得一九九六年夏我第一次来到翡翠谷，可因天公不作美，下起了大雨，我们几个自助游的散客只能是无功而返。这次，再次踏足黄山，无论如何也得完成我上次不能完成的夙愿；兴奋的心情使我不自觉地在嗓门大声吼出："翡翠谷，我来了！"

　　穿过牌坊，踏上流水潺潺的小桥，在通幽的曲径上蜿蜒进入翡翠谷，谷中怪岩耸立，气势非凡；空谷流音，仿佛进入一个空灵的世界，天籁中有若丝竹之声悠悠入耳而来，抚平了许多平日里的烦躁，说不上开心说不上伤心，只是静静地听着。环顾四周，皆削岩峭壁，古树茂密，怪石与洞穴棋布错落，清泉奔流而下，积水为潭，两岸是大片大片的竹林……

　　最引人注目的是翡翠谷中大小不一的潭池，这些潭池水色各异，五彩纷呈，趣味无穷，让人流连忘返。心中不觉浮想联翩：难道这是蔺相如手中的和氏璧？不小心遗落在这山涧间？经过千万年的洗刷，白璧蓝如许，翠如绿，通透晶莹。还是这万千年天地灵气的滋长，翡翠大如湖，厚如山，清可见底？——穿越时空的隧道，我们仿佛又在看到贪婪卑鄙的秦昭王，私心欲望的野兽正吞噬着人性的良善。然而，正义又如这自然的造化，秦昭王的十五座城池再怎么也无法换去，这是终极的答案。在同行的导游小姐口中，我们还了解到它也有野性的一刻。雨天，怀里的温玉，在情绪的翻涌中碎裂成银河里的斑斓；远看，有若一条巨龙腾空而起，翱翔于天际，绕缠在黄山葱翠之中……

　　谷中还有瀑布、竹海，绿竹与飞水交相辉映，别有一种奇异的神韵，深有"明月松间照，清泉石上流"的风韵，想那和氏璧般的月踏云而出，带动如梦的衣衫，柔柔地在琼宇间起舞蹁跹；那夜的松林，那夜的流水，是谁在空谷中吹响了悠扬的洞箫，吹奏着高山流水，那箫声犹如夜的河潺潺溢满我心田。我多么希望这感觉能真实地存在我的生活之中！正如在我烦恼的时候，有个人能陪我走上一段路！或是借我一个肩头，一个臂弯，让我憩息一下！不需要什么一辈子的依靠，不需要成为谁的负累！只要能在我固守着淡淡的伤口之前能给我片刻的宁静！……有时，在空虚寂寞时去舔舔这伤口，在有痛感时感觉自己的存在，这也许会是另一番想象吧？……风中，是谁与我并肩走在山林？是谁与我让黄昏悄无声息漫过肩头？不能重回的是时光，而我的景致是烙印，永远有林风抚起我的追忆……

在翡翠谷中有一幅巨大的摩崖石刻——"爱"字石，这是情人谷的点睛之笔。一对对情侣来到谷中，都要在这块大石上留影，以美好的倩影写下人生中难忘的一刻！谷中还有一座情人桥，踩上去晃晃悠悠。情侣们最喜欢从其上牵手而过，在扶链上锁上一对连心锁以示对爱的忠贞，让爱的滋味慢慢涌上心头，慢慢滋长……

风中思绪飘飞，导游小姐的介绍惊醒了我的沉思：翡翠谷也叫"情人谷"，一九八六年上海有三十六位青年男女到黄山游玩，邂逅于这条峡谷中。当时，此景区尚未开发，道路坎坷，甚至无路可走，他们来此游玩到兴起时忘了归途，不幸又遇大雨，山洪暴发，他们只能相互鼓励，相互搀扶，克服了许多困难才得以脱险。他们回到上海后，有十对结成了终身伴侣，其中有不少人还是在翡翠谷内初次相识的，因此，有人提议将此谷改称"情人谷"。

这里是一块未被污染的净土，一切都显得那么明净和充满魅力，它让人变得更加灵秀、纯真和多情，无数的情侣都在这里倾吐着对彼此的情意，弹奏过恋歌，正如黄山当地广为传唱的歌曲所唱的：山有情，水有情，翡翠谷中藏真情。情有我，情有侬，患难相助情更浓。

1998 年 7 月写于黄山

登六和塔远眺

　　暑期一家老少畅游杭州，赏夏荷，漫步苏堤，意兴阑珊，爽朗的心情有如苏杭山水——人间天堂般少有。平时过惯紧张的都市生活，来到这舒心的绿黛水墨的画廊，山色葱茏的水乡邑里，无疑有"不信人间有此景，今日入至画中来，画工还久费工夫"之感叹。同时也平复了不少平日的烦躁。

　　借着无限兴致，取道六和古塔，以观钱塘胜景，江水浩渺；我想这时的心态，浩瀚的不仅仅是这钱塘江的气势恢宏，而且是这时的心比天高志更坚。登步六和塔，顺着一级级的石阶踏上一座小山，眼前一亮，只见闻名海内的六和塔就耸立在钱塘江畔的月轮山上。笔者一时为眼前的景观所倾倒，更对先人建造此塔深为叹服。六和塔层高有七，六面玲珑，暗合天下之意，深有天地、东南西北之深蕴，四周古木参天，鸟语花香，园林式的建筑结合这古朴的楼阁山色以及声声而来的暮鼓晨钟更显历史悠悠，岁月苍凉，深值后人登临仰慕反省。一时，心有感触；不为这眼前的一切，而为悠悠古道千年柏树、沧海桑田见证历史沧桑；为在这片神奇土地上演绎的人们诵一声：千古风流，英雄无觅处；楼榭歌台，总被雨打风吹……

　　走进六和塔，塔内保存着众多的文物古迹，其中有南宁尚书的省牒碑与四十二家书写的《四十二章经》的残碑石，以及明万历年间的真武像真迹，都与六和塔一道见证这里的山色水乡历史变幻。各层门额上还有多种诗文、楹联。另外塔中的须弥座束腰上的砖雕上雕刻有美艳绝伦、富贵雍容的牡丹；清丽娇秀的芙蓉犹如出水初露，无限美色尽现眼底；那展屏而开的孔雀、踏云而来的麒麟、火烧槃涅的凤凰让你深感置身于百花盛开、万物昌荣的乐园中，身临其境浮生掠影；还有乐妓、嫔伽、飞天等，其姿其态或动或静，栩栩如生，美不胜收，令游人仿佛进入一座艺术的殿堂，流连忘返！

　　塔身由砖木构筑，跨陆而建，俯览江河，挑檐上明下暗，登临极目，钱塘江两岸风光尽入眼底，一幅横放眼前的巨画摆放在大河上下，画卷泼墨，点点滴滴描绘着苏杭劳苦大众的智慧结晶。同行的导游介绍说，据记载，该塔为吴越王钱谬为镇江潮而建，初建时，塔身9级，高170米，夜间塔顶装有明灯作钱塘江夜航航标。后因历代兵燹焚烧、破坏，至解放后数次大规模整修，现仅存塔高59.89米、7层。游人对这事深感遗憾……

我们还听到这样一个孝感动天的故事：古时候，钱塘江里有一条性情暴躁的老龙，喜怒无常，潮涨潮落反复无常，经常淹没田地村屋，卷走村民。当时，江边住着一名叫六和的穷苦渔民，有一次江潮泛滥，其母被潮卷走，六和伤心至极，发誓要填平钱塘江，日复一日地往江里丢了七七四十九日的石头，老龙王无奈被迫答应以后涨潮定时辰，且要响声，而且只涨到此地为止；同时，放回其母和被卷走的村民，后人建塔纪念六和，叫此塔为"六和塔"。显然，这个故事是先民们想象出来的，并经长期的文化积淀、变迁而形成的，它是一种艺术的体现和升华；另外，我们还可以看出这是我们先民对仁义、孝善的赞扬，一种向往公义、和平的美好愿望。

在漫长的历史长河中，我们倡导仁义孝善，尊重双亲、长辈，爱老护幼。当时年仅六岁的六和都尚且知道爱敬双亲，可现在的人们生活在都市丛林中，接受着高等素质教育，享受着现代化的文化生活和物质生活，思想观念似乎却未更上一层楼；相反地，有些人甚至是走向了亲情的陌生、冷漠，人与人之间的关系更是人为地倒退。我们还不时在广播、电视、报纸上听到或看到有的子女为财产大打出手，打兄杀弟，更甚者还有因父母无钱支持子女生活享受，出现子女弑亲的人间悲剧。这不是更值得我们反思吗？为什么？问题在哪里？是我们进步了？还是我们退步了？

"菩提本非树，明镜亦非台。本来无一物，何处惹尘埃。"六祖说得好：本来人生在世是平和的、是清明的，世间凡尘浊乱是因为有私心私欲的存在，所以在理解事物时要先理好因果……这些大道理人人都懂得，可做起来可真的是难，包括我自己在内！我有时在想佛祖是不是也有些什么难处或是干不了或是管理不了事儿呢？要不，他为什么还要分三世佛（西方极乐世界佛、南无阿弥陀佛、东方净琉璃世界佛），分别主宰过去、现在和未来呢？

想着不觉悲怆愁苦，黯然泪下。这或许就是因为"有志不得骋，退而求归隐，何处桃源门……但因些微故，徒为琐事争"吧？……

莫名，写下此文，以此为记！

1998年7月写于杭州

阳光下的蒲公英

——写给幼儿园毕业的儿子

小雨，清风，绿草，阳光……

大自然和谐唯美的画卷，因你的存在而变得生动。你像天使般地出现，哦，不！你就是天使，降临在妈妈的怀里、爸爸温情的目光中。哦，这是上天的恩赐与馈赠！温和，爱抚，伴随着你的成长，你的欢欣、喜悦、伤心与哭泣，就像那阳光下的蒲公英，在感恩中成长……

跬步

不积跬步，无以至千里。小小班是你迈出的第一个跬步，也是你第一次离开爸妈的怀抱，第一次"走进社会"，爸妈在你撕心裂肺的哭喊声中，含着眼泪狠心离开。这哭喊，这泪水，开启你全新的空白与希望；这哭喊，这泪水，承载着一代人的希冀与祝福……

在这个"小社会"里，你也开始学会了忍受、孤独、思念、渴望与惊喜；在这里，你收获了友情，开始有了自己的朋友；在这里，你学会了思考，智慧的源泉点滴汇流……

成长

走过春天的绵绵阴雨，经历夏日的炎炎骄阳，稚嫩的目光有了成熟的颜色，脆弱的心灵学会了面对，意志被锤炼得刚毅坚强。个性，开始形成……

纤弱的小手绘出了彩虹、花朵、绿叶、高山与大海。

有天，你说："爸爸，我想去看海！"

大海边，夕阳下，沙滩上。兴奋、懦怯、开心、害怕……包含了你所有的情绪和内心写照。你或坐在爸爸的肩膀上，或依偎在妈妈的怀里，大声地说："听，大海的涛声在召唤着我们，海鸥的歌唱在海天之间回荡……"此时，带着沙子的小手紧紧地抓着大手，大手温情地包裹着小手。

大手带小手，手手相牵，心心相连。

成长的路上，师生相伴，师恩难忘……难忘老师温心体贴、悉心呵护，育身体、教知识、树性格、立人生。您是春雨，浇灌着幼苗的憧憬；您是烛光，照亮了童稚的心灵；是您为梦想插上翅膀，是您为心灵点燃希望……在孩子们的眼眸中，绽放成一个炽热的盛夏。

分别

不经意的转身，蓦然与秋撞个满怀。爽爽的风，悠悠的虫鸣，金黄的果实，碧蓝的天。走在花间林下，脚步是轻灵的，心是雀跃的。恍然间，刹那一梦，三四华年，身后一串长长的脚印……尽管有些歪斜，有些蹒跚，但那是你们自己在这个世上刻下的印记。上面写满：快乐，天真，无瑕……

每个季节有每个季节的歌谣，每个脚印有每个脚印的意义，目的已经不重要，过程才最动人心魄。路途中的风景，也许你早已遗忘、失色；这路途中的朋友，也许还将继续结伴同行，或将就此话别，但记忆中的你我依然明亮，心中长存。那曾经的每个嬉闹游戏，每个快乐日子，每个季节里的歌声……

夜，风起了，花飘叶落，蒲公英漫天飞舞，各奔西东。

远行

小学——你即将步入的校园。

从这一刻开始，便注定了你的远行，就像蒲公英一样，风一吹，便会飞向高空，飞到遥远的地方生根发芽和成长。从这一刻开始，便注定留给父母更多的是背影；背影是风筝，目光是手中的线，是无尽的思念与挂牵……

奔向明天，褪去内心幼稚的茧，张开翅膀，那里是你的天地，那里是勇者的乐章，用你的思想和智慧去挥写，自由飞翔，描绘属于你自己的七彩蓝天。

也许有天，静夜。

淡淡的星光，浅浅的月华，肆意流溢在桌面上，落在毕业照上……手执着毕业照，静静地看着，默默地回忆着，回忆着童真的过往，快乐、嬉闹的点点滴滴，笑脸，泪水……手指抚过一张张刻画在记忆中的脸庞，雅然浅笑。

2014 年 6 月写于佛山

第二辑　天上西藏·易贡密码

清晨的易贡湖，就像一位恬静少女，羞涩而多情……

笔者有幸，参加广东省第六批援藏工作（2010 年 7 月至 2013 年 7 月）。为配合"《广东省对口援助易贡茶场十年规划》所提出的：计划用 10 年时间，把易贡茶场打造成'中国户外运动之乡'"的工作要求，其间，笔者深入挖掘当地文化，大力开拓旅游资源，配合"户外运动"主题进行采写，并在各大媒体进行推广。

借《何处是归程：凌寒文集》结集成书的机会，向读者一一汇报……

易贡湖畔交织的命运

广东对口援助西藏易贡茶场"易贡之脉——人文旅游"系列报道之一

这里，有一条河，叫易贡藏布；这里，有一个湖，叫易贡措；这里，还有世界上最高的茶园，叫易贡茶场；在这里生活的人们，称自己是易贡人……它们和他们，串联起易贡的命脉。

今天，就让我们慢慢地去靠近它、他，去寻找那历史的脚步和生命的脉动……

一个湖的"命运"

当印度洋的暖湿气流沿雅鲁藏布江下游河谷向北输送，经过雅鲁藏布大拐弯后，大部分水汽再沿易贡藏布溯江而上，直抵念青唐古拉山南麓，为青藏高原输送了大量宝贵的水分。

这是易贡气候和地理之脉。

1900 年前后，一场特大泥石流堵塞易贡藏布河谷，形成了美丽的易贡湖。

2000 年 4 月 9 日，易贡地区再次发生特大崩塌型泥石流，形成堰塞坝，堵塞易贡藏布河谷，63 天后溃决，将易贡湖原有的堤坝和湖中的泥沙冲刷而下，美丽的易贡湖行将消失。

10 年，经过 10 年的"疗养"，易贡湖的"伤口"已在慢慢愈合，易贡湖的忧愁经已褪去，展现在人们面前的，是一个全新的摄人心魂的仙境……

这是一个湖的命运。

茶场和茶场职工

位于易贡湖畔的易贡茶场平均海拔 2250 米，始建于 1966 年 9 月，是世界上海拔最高的茶场，由当时部队响应党中央"开发边疆，建设边疆"号召组建而成，后几经改制，茶场职工的命运也几经沉浮，并负债 2700 多万元。

根据中央统一部署，广东省委、省政府高度重视，2010 年新增西藏林芝地区易贡茶场为对口援助单位。同年 7 月，广东省第六批援藏工作队易贡茶场工作组正式进驻茶场开展援藏工作，一场"翻身战"轰然打响……

这是易贡茶场和茶场职工的命运。

历史和人文之脉

位于易贡茶场内的"将军楼"曾是十八军军长张国华的住所，是 20 世纪 50 年代他率军进藏修建的军部所在地。"将军楼"的外墙被涂成红色，历经几十年的风风雨雨已有些斑驳，成为茶场内的一处人文景观。

现在茶场机关办公的地点，20 世纪六七十年代曾是西藏自治区党校校址，直到 1983 年才完全迁离。据茶场已退休的老人们回忆，由于易贡气候条件好，当时曾打算把自治区各机关单位迁往易贡，但周恩来总理说："你们能把布达拉宫也迁过来吗？"

布达拉宫当然不能迁过来。

这是易贡历史和人文之脉。

易贡湖或再消失

站在易贡滑坡纪念碑旁边俯视 2000 年的易贡特大泥石流遗址，依然很震撼——当年长 5.7 米、宽 1.5 米、高 500 米的"天然大坝"溃决后，仍然在易贡藏布河谷两边留下了大片泥沙，如今已长出了稀疏的树木。

易贡藏布和帕隆藏布下游都位于雅鲁藏布大拐弯的北侧外围，这里以南迦巴瓦峰和加拉白垒峰为中心的新构造运动十分强烈，是现代地壳运动非常活跃的地区，地质基础薄弱。地形的强烈抬升，使这里成为整个青藏高原降水最多、最湿润的地区，也是山崩、滑坡、雪崩、冰崩、泥石流等山地灾害多发地区。

也许，易贡特大泥石流只是大地轻轻的一次脉动。也许，易贡湖还会形成，也许，还会再次消失。

不过，这并不重要。

因为，生活在易贡藏布河边的人们，才是真正的易贡之脉。

在下期，我们将逐一跟你细说那易贡湖的点点滴滴……

2011 年 10 月 19 日写于西藏林芝

藏东南高山峡谷中的秘境

广东对口援助西藏易贡茶场"易贡之脉
——人文旅游"系列报道之二

易贡，地处藏东南，在藏语中意为"美丽"。美丽的易贡河谷及易贡湖四周有不少狭长的台地，平均海拔2250米，冬无严寒、夏无酷暑，湿度大，日照相对弱，是西藏唯一的产茶地区，著名的易贡茶场就坐落在此处。

这里有雪山雄峙、冰川绵延，有云海松涛、石碛经石，种种奇观令人目不暇接，心动神迷。在深秋，笔者将带你走进这神奇的秘境，用笔和镜头去记录这大自然的鬼斧神工……

综合性地质博物馆

易贡国家地质公园以罕见的巨型高速滑坡地质灾害遗迹为主体，有着国内最大的海洋性冰川，是一个融雪山群、堰塞湖、冰湖、峡谷、瀑布、泥石流沟、角峰、铁山、温泉等地质地貌景观为一体的综合性地质博物馆。

该区为深切高山峡谷地貌，造成了明显的气候垂直变化。从终年积雪的高山寒带向下，为高山亚寒带、山地温带、亚热温带、亚热带和热带等不同的垂直气候分带。易贡巨型山体崩塌分为发生区与堆积区，崩塌体的体积达3000万立方米，崩塌的最大落差达2580米，滑坡的最大垂直运距640米，最大水平位移为6700～7000米，堆积体方量达到3亿立方米，主要包括高速滑擦痕、高速滑坡特有的喷水冒砂坑、土丘群；以及易贡堰塞湖区遗迹、易贡藏布—帕隆藏布断裂带与易贡—鲁朗走滑断裂构造遗迹、易贡堰塞湖决口遗迹、易贡堰塞湖溃决形成的次生崩塌、滑坡遗迹；古冰川活动遗迹及相应的地质生态环境等。

"逆流而上"的反向河

从通麦大桥沿着305省道一路往前走。不远处，"地质高发区，请注意安全"的牌子提醒着人们——你已进入一段让你既惊心又惊叹的旅程。据当地的藏民介绍，从通麦大桥至易贡湖是泥石流高发区，但也有地质公园最美、最惊险、最壮观的景象……

慢慢往前走，笔者发现这段路由于易贡大山崩及其洪水的影响，沿途的崩塌、滑坡甚多。道路两旁怪石嶙峋、树干横立。一侧是湍急的江水，一侧的山坡上时有飞石滚下，有的路段要在陡峭的沙石坡上刨出一个个脚窝，才能立足前行，这一路走来不免让人战战兢兢。

"噫！这里的河水怎么是倒着回去的呢？"在两山的峡谷中，笔者看到上游浩浩荡荡而来的易贡藏布在这里并不是一泻千里，相反地，河水是"逆流而上"。壮观、震撼，冲击着视觉神经……

"这是'反向河'，是西藏的一道自然景观，也可谓是世界奇观。中科院等各地地质专家到此考察，他们也为'反向河'的地质遗迹景观震撼和为之啧啧称奇。"据当地向导介绍，易贡藏布和与之相邻的帕隆藏布沿着古生代时期的裂谷带发育，易贡藏布流向东南，帕隆藏布流向西北，两条大河相向而流，几乎成一条直线，两河相撞后，几乎同时以90度的大拐弯，在通麦汇合流入雅鲁藏布江。所以，两河汇合时很容易被误认为是一条河，但在地理上是地道的反向河。

"相依为命"的母子石

行走在这道深长的伤疤边缘，人们反而更容易忘记这里曾发生震惊世界的地质灾害。在易贡藏布随处可见成片倒下的树木，以及泥石流冲刷翻滚出来的各种石头，但这些反倒成了易贡之美不可分割的一部分……

茂密的原始森林，奇怪而又富有生命的瀑布；河的两岸，牛马和羊群在草原上悠然地吃草；潺潺的流水、简易的小桥，雾罩着山，山托着云，分不清是雾还是云，清新的空气和着淡淡的花香扑面而来，一切都是那么赏心悦目，易贡藏布流域的景色让人刻骨铭心、流连忘返。

这时，我们的汽车经过一道小桥，桥的上方是一汪潺潺溪流，从山上顺流而下的雪水冲击着河床里千姿百态的石头，激起浪花朵朵。而河床上方，叠立着大、小两块巨石。大者高约 4 米，小者高约 2 米，两石似是在"对话"，也似是在"玩耍"，状若母亲怀抱孩子，紧紧偎依着，温存而亲昵，似是在享受着天伦之乐。据向导介绍，这就是易贡藏布著名的景点之一——"母子石"。相传小孩子能从母子石上爬过去的话，母亲就能长命百岁，为此，当地的民众每年都要选择黄道吉日在此举行一次"爬石"仪式。

仙人坐瀑布"惊心"

进入"母子石"景点后更入佳境，光滑圆润的石头仿佛各种人物、动物、神兽，有如昂首的神龟，有如挺拔的石笋，有如蟠桃会上的寿桃，有如深闺中的铜镜，那些形象的石头任由畅想。那些大大小小的石头，远远近近地站着，有的在相互聆听，有的在俯首接耳。

突然，眼前的景色豁然开朗，只见对岸的崖面上悬挂着一道白练，它穿云越雾，由山巅奔腾飞泻，跌落于幽河深谷，"隆隆水声"在整个山谷轰鸣。其气势之雄伟，惊天出世，夺人心魄……

据向导介绍，这处瀑布叫"仙人坐瀑布"，因为山下水潭上有数石，形似仙人正在参禅悟道而著称。该瀑布冬天水小，妩媚秀丽，轻轻下泻，深沉悠扬；夏天水量增大，那撼天动地的磅礴气魄，恰似巨龙出山，令人惊心动魄。有时瀑布激起的雪沫烟雾，高达数百公尺，漫天浮游，竟使周围一带经常处于霏霏细雨中，成为别致的"匹练挂遥峰"。

弯弯曲曲的公路，上上下下的路途，就这样一路行去，一样的山水，不一样的情景，或让你身处现实，目不暇接，惊叹不已；或使你心溺虚幻，神思飞扬，浮想联翩……

2011 年 10 月 25 日写于西藏林芝

易贡湖·摄人心魂的美

广东对口援助西藏易贡茶场"易贡之脉 ——人文旅游"系列报道之三

　　清晨的易贡湖，就像一位恬静少女，羞涩而多情……透过玻璃窗远眺，只见那低矮的云雾，或缠、或绕、或依偎在远山的葱茏之上，或轻轻抚摸着湖面。那山、那水、那树、那小草，那滴滴嗒嗒的雨滴，在那微风里招摇，构成了一幅天然的山水画，让人迷恋、让人陶醉……

　　今天，我们将跟随岁月的脚步，去寻找易贡湖的前世和今生……

喜马拉雅和念青唐古拉在此交会

　　易贡湖湖面海拔仅 2200 米左右，由于受沿着雅鲁藏布、帕隆藏布河谷而来的印度洋水汽的影响，这里温暖湿润，常年云雾缭绕，从而成为西藏最著名的茶叶产地。在波光浩淼的湖畔，眺望那一垄垄青翠的茶树，宛若人在江南，只有河谷两侧那突兀巍峨的雪峰，才提醒你这是在喜马拉雅和念青唐古拉的群山之中。

　　源自"屋脊"冰川的河流，要从海拔六七千米以上的源头，找到进入恒河平原和印度洋的捷径，便借着强大的势能拼命下切，于是切出了地球上最为崎岖陡峭的地貌。这里集中了古乡泥石流、102 大滑坡、培龙弄巴泥石流、排龙岩崩、拉月大塌方等许多著名灾害地段，堪称"地质灾害博物馆"，而易贡特大型山体崩塌滑坡，就是这座"博物馆"里让人叹为观止的"镇馆之物"。

6 分钟完成 11 座三峡大坝浇筑量

1900 年前后，一场特大泥石流堵塞易贡藏布河谷，形成了美丽的易贡湖。易贡（藏语"美丽"的意思），因此而得名。

2000 年 4 月 9 日 19 时 59 分，在蒙蒙细雨之中，天空中突然传来一阵沉闷的大爆炸般的轰响，易贡茶场的居民感到地面剧烈晃动，很快黄黑色的烟雾便铺天盖地而来。扎木弄沟尾海拔 5000 米左右、体积约 3000 万立方米的楔形山体突然崩塌！巨大体积的崩塌、滑坡体在运动中因强烈的撞击、振动，已完全解体，并转化为由石块、砂、泥土、气体、水混合成的高速运动的流态物质，在空中呈悬浮状翻滚前冲，所到之处，不仅把山坡表面的植被和浮土铲蚀得一干二净，露出大片基岩，而且还在岩石表面留下许多深深的划痕、刻痕。

在易贡藏布上，形成长 4.6 千米、前沿宽 3 千米、高 60 至 100 米的喇叭状天然坝体，整个堆积体的方量竟达 3 亿立方米，而整个崩滑与堆积过程仅仅用了 6 分钟！在这短短的时间里，大自然完成了相当于 11 座长江三峡大坝的浇筑方量。

大坝溃决口下方仍一派洪荒景象

这次灾难堵断易贡藏布两个多月，积蓄水量 30 亿余立方米，易贡茶场和湖边村子土地、草场被淹没，4000 余人被迫搬迁。

62 天后，大坝发生溃决，66 米高的洪峰持续 6 个小时。狂泻的洪水在几小时之内便使下游河水水位暴涨 40 至 50 米，河水最大流量达到每秒 12.4 万立方米，竟是雅鲁藏布江年平均流量（每秒 4425 立方米）的 28 倍！

洪水过处令下游河道两岸尽是疮痍：易贡藏布、帕隆藏布及雅鲁藏布江沿岸 40 多年来陆续建成的所有桥梁、道路、通信设施全部被毁，河道断面形状由"V"形被改造为"U"形，河道加宽 2 至 10 倍，原来相对稳定的谷坡受到强烈冲蚀和改造，从而造成大面积山体失稳，在河谷两侧诱发了广泛的崩塌、滑坡、泥石流等山地灾害。沿江道路包括国道 318 线（川藏公路）上的咽喉——通麦大桥被冲毁，波密县至林芝县段交通陷入瘫痪。

站在大坝溃决口上方，我们依然能看到这场巨大的毁灭性的地质灾难后的悲壮场景，河床上冲出的深槽以及大面积的石滩，一派洪荒景象……

易贡湖重生

溃决，也给了易贡以新的姿态重生。当旧易贡湖生命耗尽，新易贡湖随之诞生。新的流水切割新的坝体，引发更新的滑坡，造就更新的易贡湖。易贡湖在生与灭之间往返震荡，一如万物的普遍脉动，呼吸的起伏，潮汐的涨落，冷暖的交替。站在这片平静的易贡湖边，感受的是大自然的鬼斧神工，品味的是万物的永恒脉动。

阳光下的易贡湖，湖水清澈，波光粼粼，雪山白云倒映湖中，如海市蜃楼一般……据介绍，目前，易贡湖长 17 千米，平均宽 1.3 千米，最大水深 25 米。湖水面积 22 平方千米，湖面海拔 2150 米，湖区面积 1.3534 万平方千米。

从坝体往里走，在我的周围，石头自上而下，由远及近，挤挤挨挨地密布着。一些摇摇欲坠的石头嵌在悬崖上，却根深蒂固地扎着，更多的石头起伏交错地横卧在溪水中，呈现出千姿百态。这是一次石头的盛会，场面宏大壮观，这是一场视觉的盛宴……石头笨拙的姿势和水流轻盈的姿态在这里颔颈相拥，那些石头时而排列有序，时而杂乱无章，在近午的阳光中静默着，由爆发到沉静，一驻亿年。阳光渐渐猛烈，金光灿灿，落在白花花的石头上反射出坚硬的光亮，显现出石头雍容华贵的气质。

易贡湖牧场拨动了谁的心弦？

走在湖边，那脚下柔软的细沙，在阳光下闪闪发光，让人疑似走在一片平静的海域。据有关专家介绍，这些细沙正是从远古的地壳隆起运动中，被大自然的魔力从海底"带到"了世界屋脊，经千万年的洗刷，其石英含量极高，故能在数米深的水下折射出醉人的光芒。

易贡湖边，有着一个牧场。深秋的落叶，写满心的思念，远山、湖泊、牧场，那最红最红一抹斜阳，构成了一幅醉人西洋风景画。"啾……"微风中，有苍鹰的鸣啼传来，由近而远，耳边有风声吹过……我不知，是这山，这水，这景致，在偷偷拨动着谁的心弦？

在易贡湖周围，有着许许多多丰盛的野果和林下资源，如水蜜桃、沙枣、野生木瓜、蘑菇等。在这里，你就可尽情地享受大自然的馈赠。

菜刀山惟妙惟肖寒光逼人

"你看……你看，那是什么？菜刀，菜刀。"在易贡湖边上，有一座美丽而峻峭的山崖，山崖上，有一块天然的崖壁，崖壁上面由于岩石风化程度以及金属含量不同，被"刻画"成一把天然的巨大菜刀。刀把、刀背、刀身，栩栩如生、惟妙惟肖。特别是刀锋，寒光闪闪，更是让你感到一股寒意由内而外……

易者变也，而"易贡"在千百年的消亡与重生之中，缔造出了一个无与伦比的天湖与茶园并存的雪域江南、美丽秘境，同时也缔造出了一个让所有的人震撼的自然灾害地质公园。当人们身临其境，总会在内心思索一个问题：人类对幸福的追求和对大自然的尊重，这两者如何取舍？在易贡，幸福很近，因为易贡湖就在身边；在易贡，幸福很遥远，因为泥石流就在前边。

2011 年 10 月 19 日写于西藏林芝

铁山，易贡人的"宝山"

广东对口援助西藏易贡茶场"易贡之脉 ——人文旅游"系列报道之四

传说进入易贡要经过三道门：第一道门是木门，在丘马拉山旁边；第二道门是铁门，就位于铁山旁边；第三道门是玉门，位于纳雍嘎布雪山脚下。铁山外形非常独特：从西边看，它陡峭挺拔，像一把利剑；从北边看，却像一个小山坡。生活在铁山脚下的人们对它有着深厚的感情，称之为"宝山"。

铁匠们赖以生存的铁山

波密县易贡乡拉嘎村村民世代以打造易贡藏刀为生。

易贡藏刀工艺历史悠久，迄今为止已有近 400 年的历史。易贡藏刀藏语称"易贡波治加玛"，这种刀除了易贡以外，其他地区都无法打造，因为易贡藏刀所用的原料是从当地山上开采的三种铁——"易贡妞日铁""帕根森布铁""工布扎松铁"组合起来的。

一年之中，全村人都会上山开采铁矿，但有规矩：每种铁矿每家人只能开采 20 斤。由于社会发展，普通铁在市面上很容易买到，因此村里人只在当地开采两种铁：纳雍嘎布雪山和铁山上的铁。

拉嘎村有 57 户人家，只有 7 个铁匠，他们轮流在村民家里打造藏刀，在谁家里打铁就在谁家里吃饭。

35 岁的白多戴着一顶黑帽子，手套和衣服上满是污渍，一张轮廓分明的脸被炭火烤得通红。他从 17 岁开始做藏刀，是祖传手艺，如今已经是村里有名的铁匠师傅，带着几个徒弟。

木板搭建的铁匠铺子比较简陋，白多坐在炉子旁将铁块放在炭火里烧得通红，然后用铁钳夹起烧红的铁块放在砧子上，他的徒弟们就抡起铁锤在师傅的指点下锤打起来。

这是一个极其漫长的过程。首先将三种生铁烧红后锤打成一定的形状，然后还要将三种铁合在一起。三种铁的合成过程是拉嘎村的"秘密"，一般不允许外人参观。刚刚打造好的藏刀外表非常粗糙，还要在专门的石头上磨一个月，才会变得光滑锋利。最后在刀柄下方打上写着"易贡"字样的印章，装在精心制作的刀鞘里，一把易贡藏刀就算制作完成了。

白多沉默寡言，他的注意力更多集中在手中红彤彤的铁块上，对他来说，打造出一把好藏刀是最自豪的事情。而他的一个徒弟——17岁的达娃扎西却非常活泼，他闲暇时喜欢去20多千米外的茶场去玩，因为那里热闹，可以看漂亮姑娘。

达娃扎西跟着师傅干活，停下来的时候就愉快地哼着歌：

"想起铁山，就忘不了我的家乡，铁山是我心爱的姑娘，她常常在我的梦里出现……"

村长的铁山保卫战

易贡乡加拉村的村长索朗次仁47岁，他提起铁山的时候，从来不说"铁山"，而是称之为"宝山"。

他时常会这样说，"'宝山'好看得很"，或者"'宝山'好得很"。

据村里的老人们说，1900年前后的那次泥石流就是因为有人大量开采铁山上的矿石，惹"宝山""生气"了。索朗次仁村长对此深信不疑。

最近几年，常有外地人来看铁山上的矿石，说是要开发铁山。索朗次仁村长和村民们坚决不同意，一旦大量开采"宝山"上的矿石，"宝山"将不复存在，村民们赖以生存的环境也将被破坏。为此，他和村民们一次次与腰缠万贯的开发商们对峙。

索朗次仁村长时常站在自家的阳台上，神色忧虑地注视着近在咫尺的"宝山"，他无法想象眼前的"宝山"消失后会是什么样子。

画家心中最美的铁山

47岁的其美多吉是易贡茶场二队的管理员，1980年参加工作，1989年开始学画唐卡。他喜欢画画，画遍了易贡的山山水水，铁山和易贡湖在他的画布上出现了无数次。

他在八一镇和拉萨都生活过，但最终还是回到了易贡。他说，虽然人离开了易贡，但心无法离开，想念家乡的时候就画易贡的山水。

有一首易贡民歌是这样唱的：

> 一年收成好
> 年年收成好
> 土地平 蓝天高
> 日月如梭
> 人的心情像阳光……

其美多吉哼着歌，随手拿起一个笔记本和一支笔，在纸上飞快地画着。铁山和易贡湖早已在他心里，他要画出心中最美的铁山。

2011年11月9日写于西藏林芝

卡钦冰川：我国最大的海洋性冰川

广东对口援助西藏易贡茶场"易贡之脉
——人文旅游"系列报道之五

　　由易贡湖上行，经过位于湖尾的易贡乡，转入易贡藏布左岸支流勒曲藏布，便进入了易贡国家地质公园的巴玉现代冰川景区，这里由南而北依次排列着贡普、卡钦、若果三大冰川。其中，卡钦冰川是我国最大的海洋性冰川，长 35 千米，也是仅次于喀喇昆仑山乔戈里峰音苏盖提冰川（长 42 千米）和天山托木尔冰川（长 36.7 千米）的我国第三大冰川，它的冰舌伸入原始森林 10 千米以上，在冰舌末端附近还形成了一道高约 600 米的冰瀑布。

冰川弧拱：成因至今未有定论

　　只有到过高原见过冰川的人才能领略冰川之美。在巴玉现代冰川景区内的冰川有一共同特点，就是它们几乎都有美丽的弧拱构造。弧拱构造大多位于冰川瀑布脚下，是在冰川表面形成的一圈圈凸向下游的弧形条带，黑白相间，就像流水瀑布在下方的水潭中激起的道道涟漪。

　　关于冰川弧拱的成因有多种不同解释，至今未有定论。我国科学家李吉均认为，冰川弧拱之所以总是出现在冰瀑布脚下，是冰川在通过瀑布区的陡坎时，运动速度很快，冰体处于舒张状态，而一旦坠落至坡脚，冰川流速迅速减缓，冰体转为压缩状态，冰川流速的不均匀变化便形成波浪式的弧拱，冰面融水及挟带的碎屑物容易停积充填在凹槽处，而凸起部位较洁净，故形成黑白相间的条带。

另一看点：特殊运动型跃动冰川

易贡国家地质公园园区内冰川的另一大看点，就是海洋性冰川的特殊运动类型——跃动冰川。这是我国科学家的新发现。易贡藏布的卡钦冰川、帕隆藏布的米堆冰川、南迦巴瓦的则隆弄冰川都曾出现跃动。

冰川的跃动很可能与区内极为陡峭的山地地形有关，由于这里的沟谷坡降通常很大，冰川体也类似于一种潜在的滑坡体。平时它慢慢蠕动，一旦它的应力积累达到临界点，或者受地震影响时，就会突然失稳，快速滑动跃进。

冰川给人们的印象大多是圣洁美丽的，但是一旦发生跃动，其结果就是一场灾难。1950年8月15日，察隅发生8.6级大地震时，南迦巴瓦峰西坡的则隆弄冰川被震裂成6段，沿着山谷向下跃进，最下面的一段冰川体不仅摧毁了则隆弄沟口的直白村，造成97人罹难，还冲入雅鲁藏布江，形成高达数十米的冰坝。1969年9月2日，则隆弄冰川再次发生跃动，并冲入雅鲁藏布江，令汹涌澎湃的雅鲁藏布江断流了一天。

八玉瀑布：掩映在翠绿秀美山林

选择了一个天气不错的日子，我们雇佣了几个背夫开始向卡钦冰川进发。按当地的风俗，出门成队的人数必须是单数，所以，我们的队伍连同向导、背夫共5人。

由于道路不通，汽车来到"八玉瀑布"观景区停下，我们通过电话租来的5匹老马早早就等候在了这里。"八玉瀑布"景区，也是一个不可多得的美景。瀑布落差很高，水量充沛，起码有5段以上阶梯流瀑，掩映在翠绿秀美的山林之间。

除了一道道壮观的瀑布外，还能看到许多的玛尼堆。这里的玛尼石堆比较杂乱，四周还插有一些褪色的经幡，石堆多用普通天然的石头雕刻，只有部分是绘制的玛尼石，还见有一块金粉描字的玛尼石，不过总体来说这里的玛尼石比较简单淳朴。

探秘冰川：需带巧克力补充热量

从玛尼堆向西，可以走到多吉冰湖（约 3.5 小时路程，冰湖为贡普冰川所发育）；从玛尼堆向东，远远可以看见有村庄，那是八玉村。虽然海拔不高，但感觉身体越来越冷，开始还以为是被雨淋湿了，身体失温。不过当看见河岸边大片的冰块时，我明白了，原来临近冰川，这里冰块化冰作用，气温低了很多度。在河边顺便捡起一块冰块，它就有半个手掌那样大，玉洁冰清，少有气泡，寒气逼人，这就是冰川融冰，我舔了它一口，还好舌头没被冻住，味道纯净好吃。

越往上游走，河边的冰块就越来越多，且越来越大。气温也越来越低，冻得人直哆嗦，衣服因为雨、露水、河水、汗水的作用，已经内外皆湿，赶紧吃几块巧克力补充热量。

路在河滩和丛林中反复切换，一会还在河滩上跳石头，一会就在山里的树丛中弯腰或狗爬前进，潮湿的石头上，再好的攀岩技术也没有用，只能用膝盖移顶上去。

到达上游地段，这里因为是冰川，气温很低，到处是冰川运动堆积的石头，当年冰川的冰舌应该一直延伸到这里。人在石头上走得像跳舞或像企鹅，看向导连跳锅庄的舞步和手势都用上了，在大石头顶上，左摇右晃保持着平衡，还要时不时地查看左侧崖壁上是否有落石滚下。

抵达卡钦冰川：看到的竟是"土坝"？

终于看到卡钦冰川的冰舌了，和想象中的不同，原以为会看见一个碧绿色的冰舌，但实际远远看到的却是一个土坝，土坝下有一个孔洞，冰川融水离开冰舌的时候就形成了一道洪流，总算明白了村里猎人说可以从冰舌上面过河是什么意思了。

当走到前面以为的"土坝"，仔细一看，不禁为之惊呆。原来这不是"土坝"，而是由冰川冰组成的冰坝。印象中那种冰川源头潺潺流水的画面，为眼前气势磅礴的冰川地下暗河所替代。

愈走近冰川暗河出口，愈发看清楚碧绿色的冰川寒冰，那种颜色让人终生难忘，像是顶级翡翠的颜色——这里就是卡钦冰川之源。

若果冰川：记录着驼峰航线传奇

卡钦冰川北侧的若果冰川，也有着显赫的声名，这是因为二战驼峰航线在此留下了传奇。

这个传奇是在 1993 年 9 月 17 日被几个藏民揭开的。那一天，易贡乡的村民次仁桑珠、西绕群培、罗松、索巴和白玛郎加共 5 人登上若果冰川附近的小山包打猎，他们惊异地发现这片山包上到处散布着飞机的残片，于是他们搜集了一些手枪、降落伞绳、氧气筒等物品便匆匆返回报告乡政府。

这一消息令人震惊。同年 10 月 2 日，由西藏自治区、林芝地区、波密县公安部门以及西藏军区、林芝军分区组成的联合调查组赶到现场，在若果冰川脚下设立了大本营。经搜寻，飞机残骸落在长约 300 米、宽约 100 米的范围内，发现的物品包括：机翼、发动机、轮胎、起落架、机用发报机、螺旋桨叶片、丝织地图，以及飞行员的衣服、小说、用中文写有"美国人来华助战"的碎布片、在印度加尔各答进餐时的票据等。发现的三具遗体中有一具较为完整，工作人员把每一件残骸都一一包好、编号、登记和实地拍摄，并攀越悬崖峭壁将其运到大本营。经有关部门鉴定确认是二战时期美军飞机的残骸，如此大量的驼峰航线遗物在西藏境内还是首次发现。

在得到中国外交部的通报后，12 月 7 日，美国专家组就抵达拉萨，对飞机残骸和尸骨进行了技术鉴定。经过甄别，美方发现这是 1944 年 1 月 5 日从昆明返回印度的一架 C-47 运输机，机上有以纳尼尔为首的 5 名飞行员，为此请求中方帮助寻找另外 2 位飞行员的遗骸。

1994 年 9 月 17 日，由中美联合组队的调查组再次来到易贡的若果冰川，历尽艰辛之后，他们在失事现场周围的冰雪中找到了另外 2 具遗骸。5 位空中英雄在栖身念青唐古拉莽莽群山 50 个春秋后，终于魂归故里。此后的 1999 年和 2000 年，在易贡以南的米林县丹娘乡的盖西比、里龙乡的朗贡，又相继发现了驼峰航线的美军飞机残骸。

从地图上看，易贡、米林都在驼峰航线西起点印度阿萨姆的北偏西方向，与处在东北和东南方向的目的地——四川、云南似乎南辕北辙，即使要绕行以避开日军飞机的拦击，这个弯也绕得太大了。也许是当飞机穿越海拔 4000 米以上的世界屋脊时，因险恶的气候与地形而偏离了方向。

2011 年 11 月 22 日写于西藏林芝

山语湖光静，岁月梦里歌

广东对口援助西藏易贡茶场之雄山篇

　　山是时间与空间的物语，而在易贡人民心中，更是一种不可或缺的存在。

　　易贡，藏语意为"美丽"，地处藏东南。美丽的易贡河谷及易贡湖四周斜躺着不少狭长的台地，而佛山援建的著名的易贡茶场也坐落在这块美丽的土地上。

　　2011年，《广东省对口支援西藏易贡茶场十年规划》中，计划用10年的时间，把易贡茶场打造成为"中国户外运动之乡"。易贡美丽的密码来自哪里？有着多少故事？我们暂且从山讲起吧。

阳光打醒清梦

　　我听得到早晨的声音，是射进窗户的阳光把我惊醒。坐起身，面向窗外的雪山，被子残留着阳光的细碎容貌，金粉般跳动。骤然置身这样陌生的时空，让我恍惚，感到神奇。阳光如同天空散落的珍珠，自山顶滚落。黑暗慢慢摇曳开去，似乎还想与雪山继续缠绵。我听到阳光在树林、在雪山上行走的嚓嚓声，温柔、宁静，由远及近，由模糊而清晰，想与还在沉睡的生灵打个招呼。在夜与昼的边界线上，阳光无微不至。

　　太阳渐渐升起，阳光越过山，照射进宁静的易贡茶场。山谷的松树醒了，绿柳吐露着新芽；桃花、梨花如火把一样斜插在山坡上，猛烈燃烧起来，风从山的那边吹来，尽是一股馥郁的香气，如果不是山顶的雪提醒你，倒还真以为到了阳春三月的江南。

在这空气稀薄的高原上，阳光是浓稠的物质，伸手可触，有着丝绸般凉滑的质感，如天空垂下的帷幕，把这片土地装点得充满魔幻色彩。

阳光让易贡的山蓊郁，生机勃勃。野山羊、猴子、野鸡、獐子在这千百年的山林里生活、栖息、繁衍；白马、家狗、小猪怡然自得，在这里随处可见生命最原本的展示。正在忙碌的易贡茶场工人普桃对我说，从佛山远道而来的朋友，你来得真是时候。你看，雪山在展示自己的峥嵘，桃花、梨花漫山盛开，那金黄的油菜花在河谷谱写着自己的生命之歌，茶树也在阳光的怀抱中开始走向成熟，它们已积攒了足够的生命能力。

山是大山，川为大川，在哪里还能见到比西藏更加浩瀚的崇山峻岭？易贡茶场，我国海拔最高的茶场，山水环绕，秀气、灵性，然不失雄伟豪气。它南倚喜马拉雅山的一条支脉，这支脉山峰连绵，形态万千，恍若宇宙中畅游的大鲸。茶场藏族工人说，每座山都有自己的名字，有着悠久美丽的故事，希望更多的人能享受到这些美丽。

铁山铁未消

说起易贡的山，不得不提铁山。铁山位于茶场的东北向，从茶场的湖景宾馆眺望，仿若一个喇嘛静坐在宁静的易贡湖边，它陡峭、伟岸、巍峨，植被之下堆积着时间的故事。

铁山之得名，与其富含铁矿石有关，也得益于一件独特兵器的成全，那就是闻名遐迩的易贡藏刀。易贡藏刀工艺历史悠久绵长，迄今已有400余年的历史，这种藏刀其他地方无法打造，只能用铁山上的铁才能磨砺而出。

有歌咏道："想起铁山，就忘不了我的家乡，铁山是我心爱的姑娘，她常常在我的梦里水乡……"住在铁山脚下的村民说，铁山是他们的"宝山"。

走近铁山，兴奋之情不禁燃了起来，我无法确定自己究竟看到了什么，它所有收藏的细节远比它被讲述的更多。那里有光阴的故事，有彪悍凶猛的藏族勇士，有透着冷光的易贡藏刀，有铁匠铺冒出的浓烟，也有金戈铁马的旌旗猎猎。它是一个熔炉，孤独地伫立在那里千年，与风雪、泥石流为伴。当有一天有人发现它能锻造宝刀时，它开始展示自己的第二次生命。

岁月流走，铁匠铺的浓烟渐渐淡去，铁山也迎来自己的第三次生命，那就是见证易贡茶场的变迁与发展。这座由广东从 2010 年开始援建的茶场，从负载累累、举步维艰到经济兴旺、昂首前进，里面的艰辛、激扬、泪水、故事都将被这静静的铁山记下，被周围的群山记下。

2012 年 3 月 25 日与佛山日报记者王轲合写于西藏林芝易贡茶场

在湖之湄，愿为扁舟

广东对口援助西藏易贡茶场之奇湖篇

在"中国户外运动之乡"的蓝图中，易贡湖环线将作为重点开发区域。易贡湖长 17 千米，平均宽 1.3 千米，湖水面积约 22 平方千米，海拔 2150 米，秀气坦荡。今天我们的故事就从这湖讲起吧。

雨收，初晴，云厚……

太阳还在挣扎，我们踏着雪山的阴影出发了，皮卡车在"搓衣板"路上颠簸前行——痛快——今天的行程是绕湖而行，窥一窥易贡湖的全貌。

这不是很多人都可能体验到的世界。它很难举例、论证和顺序叙述，还未亲近，缠绕着我的自然风物、感受思想如同蔓延生长的野草，一番挣扎之后决定，采用野草生长的形式来记录此行也许是最好的叙述方式，我希望笔端流露的是尽情的自然荣衰而不是故作深沉的无病呻吟。希望记录下这些瞬间，以告诉山外的人们这方水土，趁着易贡湖面上的流云未散，趁着喧嚣还未开始。

生活之流

出发之前，广东省佛山市援藏援疆办副主任张远航已多次向我们诉说易贡湖域的美貌，他的语言粗犷简单直白。但我懂得，水之流动，是智者的风貌，尤其在这高原之地，生活之流是在湖泊、谷底静静流淌开来的，他是被生活的细枝末节和美丽感动了。奔流不息的水在与两岸山的对峙中或平缓或湍急地经过，又不忘汇集涌流而下的雪水、雨水和泉水，易贡湖就是这样深深浅浅、枝枝蔓蔓、渐渐渐宽了两岸，打磨着这里的自然环境和生活元素。

枯水之际，从茶场这头望去，易贡湖显得瘦削深沉，不见波浪，只有深碧色的宁静。司机齐美是位健谈且知识渊博的藏族同胞，几十年的派出所所长生涯让他对这片土地熟透了，对沿途任何一个土丘、谷底、村庄、溪水和雪山都能道出一些故事。尽管向我们介绍时，他对自己的家乡有着明显的偏袒，总忘不了用"最"来修饰和言说家乡：最美的、最好的、最丰饶的、最多姿的、最善良的……车随路行，看到眼前渐渐舒展开的易贡湖，如吉祥的哈达，铺展在谷间，偶尔被微风拂动，被流云遮盖，我相信了他的表达。

皮卡车行至易贡茶场一队旧村再难以前行，美景阻扰了我们的脚步。旧村是一个被废弃的村庄，在广东佛山的帮助下，村民搬到更平坦、更安全、更优渥的土地上繁衍生息，开始另一段故事与人生。可旧村的风景与轮廓被很好地保留下来，在这里，看不到的时间露出不似传说中那么残酷的尾巴。山顶、山腰、山坡、山谷、沙地、湖泊……不同的空间地带演奏着自己的旋律，初听杂乱无章找不到欣赏之法门，待静听却是一部声域宽广的藏歌大合唱，浑厚高远不失透明。梨花、桃花、木瓜花、油菜花……开的开，谢的谢，斑斓绚丽，一派生机，花如九重塔。高大挺拔的松柏，虬曲奇绝的桃树，亭亭如盖的柳树……长的针，圆的叶，蓊蓊郁郁，一派绿色，树若千年刹。

流云静止不动，牲畜静立无语，放羊的藏香猪也沦为静默的思想家，仿若有一道神的手谕让万物缄默。站在废弃的房屋面前，老鹰巨大的影子踏在低飞的大雁上。在这种大宁静中，我听到了自己的心跳，看到了自己灵魂的颜色。我深信，凡是置身此地的人肯定比山那边的人，看得更为辽远。面对这天地之大美，谁能没有一番感叹？谁不想大声喊叫一声？我就这么做了，但惊起湖边成双成对的卿卿我我的几双黄鸭。

旧村渐渐落在身后，目睹着一座座山峰在车后绕过，易贡湖又是别样风华。

易贡湖旅次

易贡湖就在我的身边，不知是出于疲惫还是焦虑，不知是顺从姿态还是反抗的预兆，不知是庸庸碌碌还是运筹帷幄，它缓慢地流着。与之前从远处看它不同，我发现它有很多秘密，它恍若一个巨大的炼丹炉，里面种着大自然诡谲的蛊，将天空、雪山、霞光、云彩、白沙、树桩、生的死的都搅拌于它的漩涡里，将一切有灵之物吸纳进来。多么想化身水湄之舟探个究竟，是什么让它安静偃偬！

已靠近易贡湖的上游，湖面宽阔深厚，水流变得矫情急促。你看，湖水流到石边涎着脸央求石头一起去冒险，不解风情的石头板着冷静的面孔一点也不理水的撒娇弄痴。受了委屈的湖水拿起自己温柔的巴掌，打在石头忧伤的脸颊上，泛起白浪朵朵。湖水倒脾气挺大！

司机齐美指着湖中央的一截截断裂的密密麻麻的树桩，说是一百年前的森林。黑色的断树桩似正在沙滩下戏耍的海狮群，那是一百年前时间与暴力的残骸。据载，1900 年前后，一场大泥石流堵塞易贡藏布河谷，森林被毁，家园搬离，大自然的威力让原本一条静静的河沟变成一座湖泊。一个世纪过去，易贡湖再次迎来涅槃。2000 年 4 月，泥石流以更大的体量肆虐河谷两地，形成湖水面积达 22 平方千米的现时面貌，温顺安静。

路已尽头，饥肠辘辘。随处找了户藏族人家，喝了口酥油茶，吃了块藏香猪肠，望着窗外梨花如雨，太阳西斜。山高路险，看来大快朵颐之后必须打道回府了。

2012 年 3 月 28 日与佛山日报记者王轲合写于西藏林芝易贡茶场

第三辑　人生如斯

是与非，对与错，成与败，酸甜苦辣，升降沉浮……

往往都在一念的选择之间。

过程与终结

　　人生是一场悲剧，但它的每一个细节都是喜剧。

　　这过程与终结令人感叹不已。

　　人生易老天难老，尽管青山永在绿水长流，但青山之上绿水之畔的人却总是要衰老要寿终的，就如天要下雨娘要嫁人，谁也无可奈何，即使是彭祖八百高寿，但八百年之后呢？

　　君不见一江春水向东流，奔流到海春也终。逝者如斯，再雄阔奔涌的生命，也有偃旗息鼓的时候，难怪曹操如此叹喟：神龟虽寿，犹有竟时，腾蛇乘雾，终为土灰……

　　难道这就是天地之间万古不复的悲剧……

　　悲剧耶？喜剧耶？

　　你看那滚滚长江，面对死亡，它绝不悲哀。在它的生命旅程中，它拽一万里青春，牵一万里风采。虎跳峡，金沙滩，三峡荆江送龟蛇，何处不风流？何处不豪壮？何处不波澜壮阔？何处不汹涌澎湃？即使过石头城时躯已老，体已衰，仍"老骥伏枥，志在千里，烈士暮年，壮心不已"，凭着一股永不服老的韧性与拼劲，继续把一江巨流向东推，一直推到巨流入海。回首自己的万里征程，该攻克的险阻它全攻克，该夺取的胜利它全夺取，如此地走完一生的路，不是泰山，重于泰山，与日月兮齐光，与天地兮比寿！

　　人生如斯。

　　人在自己呱呱坠地的哭声中走来，经历了一生的磨难与痛苦，又在别人的哭声中走去，注定了人生就是一场悲剧。面对悲剧，我们绝不应该颓废，我们注重的应该是过程而非终结。如果我们在短短的几十年当中，能够利用生命赋予我们的每一刻，把握好正确的人生方向，确立自己的奋斗目标，实现自己的人生价值。这样，你就会为自己所取得的每一个成就而激动，也会为自己取得的每一项荣誉而自豪，更会为你自己实现的每一份社会价值而欣慰。因此，我们必须脚踏实地地走好人生的每一步，向着自己的人生目标奋斗不已。孔繁森、雷锋式的人生固然令人瞩目，小人物们也有自己的人生道路，不管是谁，只要你珍惜和享受了这个过程，当你在生命终结的那一刻，回首自己的人生历程，你就会发现，它的每一个细节都是喜剧。

生命的意义在于过程，而非终结。

2002 年 2 月 19 日写于深圳福田

贪婪，让你站在危楼边缘……

最古老、最美丽的传说是：亚当和夏娃经不起蛇的诱惑，偷吃了禁果，他们从此被上帝逐出伊甸园。在受到诱惑之前，我们都是上帝的孩子，诱惑和惩罚，都是上帝的旨意，平凡的生命对此无能为力。

禁果之味，谁都想尝尝。明知诱惑是一种危险游戏，但是人们屡败屡玩。只因为诱惑是一个既微妙又刺激的游戏。

有一个非常年轻的朋友对我说，她喜欢诱惑，说诱惑是生活的动力。她经常不知道自己为了什么而活，为什么拼命工作。但是当她走到街上，走进商场，她就知道，有太多的东西是自己渴望得到的，它们正对她发出诱惑的亮光。她喜欢这种被挑起了的兴奋，于是她会回去努力工作，直到把那一件东西买到手为止。在这里我们与其说它是一种诱惑，不如说它是一种私心、私欲的贪婪！很多人都会为自己寻找说辞，说是什么外界的影响啦，什么环境的客观原因啦。其实说到底总是自己那无止境的欲望在作祟，使得贪婪更加贪婪，它就这样让你一步一步地走向那个不可见底的堕落深渊……

其实，有时你不得不说：人是个怪物，社会是座迷宫，人生就是人在这座迷宫中摸索前进的过程。是与非，对与错，成与败，酸甜苦辣，升降沉浮……往往都在一念的选择之间。

有些人总想得到更多的回报和收获，在得到一份温饱以后，他们总会想得到另一种更高一级的享受；更可怕的是，贪婪在一定环境和因素下是会发酵的，会让私欲无限膨胀。特别是某些手中掌握一定权力的人们，在得到各种各样的收取、索要中一步一步走向他们自己认为的人生顶峰，可他们还是不知死亡的深渊正在脚边。更可悲和可笑的是，这些人走到了这种地步以后，还不知廉耻地想使自己青史留名，去使尽手段骗取、获得所谓的荣耀，以为捞取一点"声名"就能够荣宗耀祖、光大门楣！这种人在中外漫长的历史长河中比比皆是。

人们渴望诱惑，或许是生活太平淡了吧。诱惑总会给人经历风雨的感觉。但是诱惑和贪婪是一对孪生姐妹，她们总是一前一后来临。我们可以看到人性中的虚荣与贪婪。有一点，就要更多一点，有一些，就要更多一些，人的欲望真是个无底洞，永远都不会满足，永远都不会停下。

诱惑，在索取的过程中满足了欲望，助长了贪婪，而贪婪总伴随着刺激和兴奋，就像吸鸦片一样，只会越陷越深。贪婪，让你站在危楼边缘，一失足便足以让你粉身碎骨⋯⋯

2002 年 2 月 25 日写于深圳福田

后记

《何处是归程：凌寒文集》问世，是我近年来文学创作的一次汇报，敬请各位方家指正。

《何处是归程：凌寒文集》得以出版，首先要感谢中国作家协会会员、国务院政府特殊津贴专家、广东省著名期刊编审、原佛山传媒集团董事长刘宁先生，是他劝说和鼓励我将近年来的作品进行归类整理，结集出版；正如他说："先不谈论文章、作品的好坏，水平的高低，就当它是一次对生命和思想的洗涤，一次对所走过的路的回顾。"故此，我将此前半生一些未曾正式在刊物发表的诗作或文章结集出版。刘宁先生不仅在精神上对我给予很大的鼓励，同时还亲自为本文集作序。谨此致谢！

文学，是神圣的；艺术，是不容亵渎的。我的追求是真诚的，创作是严肃的。不求哗众取宠，不求招摇过市，只求真实、感情无伪。衣不怕破而怕脏，打上补丁，洗洗何妨？《何处是归程：凌寒文集》以诗、文为主，按"走向岁月的漠边""忘不了的雪域蓝""那一抹红颜""看世间百态""致青春、亲友""生活畅想曲""天上西藏·易贡密码""人生如斯"八辑排列，打散时间分区，反映了自己不拘一格、苦苦探索的坎坷历程。

《何处是归程：凌寒文集》的出版，有赖各级领导、各位老师和朋友的热情相助和鼎力支持。佛山市地方志专家库专家、三水区作家协会名誉主席植伟森和中央电视台科教节目制作中心原制片主任、中国作家协会会员张茹侠在百忙中帮忙校稿和作序；国家一级美术师、中国书法家协会会员、甘肃省书法家协会原副主席、甘肃省书画研究院副院长王训端为本文集挥毫题写书名；中国曲艺家协会、民间文艺家协会、甘肃省作家协会、舞蹈家协会、音乐家协会、戏剧家协会、摄影家协会会员和张掖祁连画院秘书长纵新生专门为文集封面创作《归程》国画。感激之情，铭记于心。在此，也趁着《何处是归程：凌寒文集》出版之际，向众方家致以最深切的谢忱。

林永望

2020 年 10 月 29 日于广州